GOBOOKS & SITAK GROUP©

GOBOOKS
& SITAK
GROUP©

三日月書版

三日月書版

仙魔劫

連玉

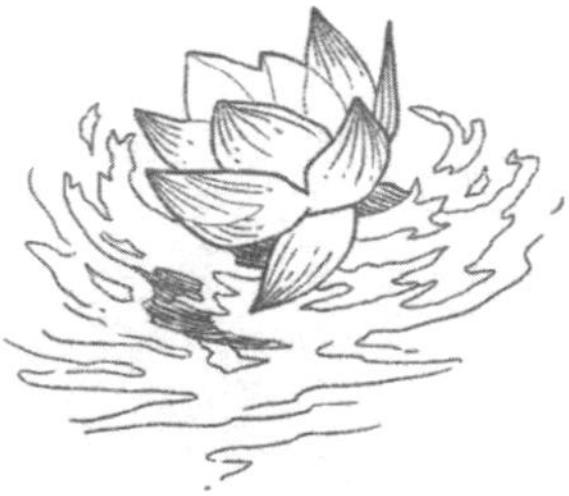

BL007

三日月書版

墨竹——著

目次

楔子 009

第一章 017

第二章 043

第三章 065

第四章 091

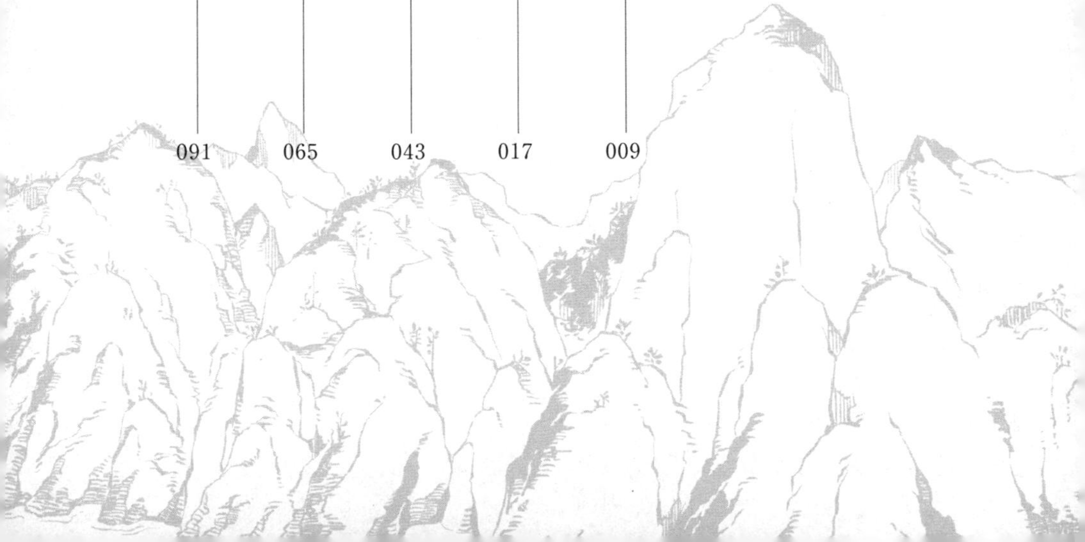

第五章 119
第六章 147
第七章 165
第八章 179
第九章 203
第十章 219
前塵 233

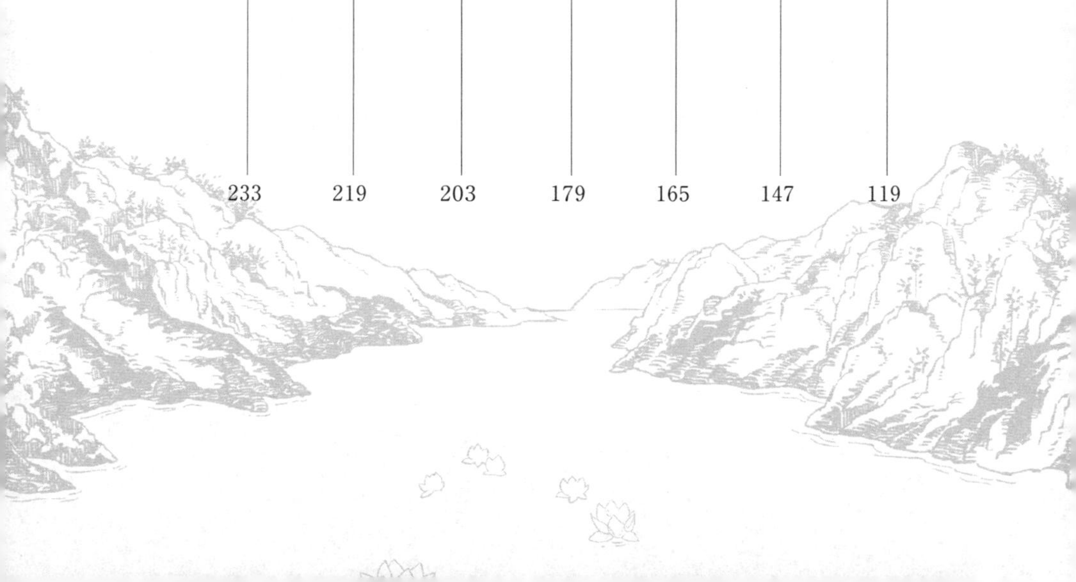

楔子

九天瓊林　瑤池

「尊者，請往這邊走。」芙蓉仙子在前引路：「今天群仙集聚，瑤池這邊有點紛亂了。」

「無妨。」他站在九曲廊橋上，驚豔地望著腳下滿池蓮花：「我從不知道，瑤池中居然還有這麼一處蓮池。」

「九天群仙往來瑤池，這裡當然比不上尊者的白蓮花臺清幽高雅，不過也還稱得上氣象萬千。」芙蓉仙子卻在低眉淺笑時眼角所及，看見了一個潔白身影，一時間，語笑晏晏盡數從那臉上散盡了去。

「仙子？」他頗為詫異，不由得順著對方目光望去……

那個人，真是搶眼。

飛揚的白色紗衣讓他卓爾不群，一個振眉，那兩道濃黑如墨的眉宛如要振翅飛出，神色說不出地冷峻嚴厲，更顯得清傲出眾。

一路上眾仙紛紛向他行禮，看來像是地位不低，卻偏偏無人為他執燈引路，不知是哪路神仙？

「那是寒華上仙。」芙蓉仙子終於回過了神。「他是九十九天上仙之首，但未在仙界供奉，一向行蹤不定，我沒想到他今天會出現在瑤池，所以才有些失態。」

「寒華上仙？原來就是他。」他了然地點了點頭：「我曾經聽說過，他代為執掌仙界法紀，為人果斷嚴明，卻不想原來是這樣青年形貌。」

「寒華上仙可是從天帝在位之初就已位列仙班，恐怕除了那幾位，誰都不知他是何時何地入的仙籍呢！算起來，都要數百年方能在天庭見他一次，今日也恐怕非是為這仙佛飲宴而來。」

「凡事全憑緣法。」他聞言笑著說道。

「如果他像尊者您這樣親切，一定會更添幾分風采，只可惜他非但司掌天地陰寒，性子更是陰沉冰冷，我就從來沒有見他笑過。」芙蓉仙子忍不住流露出幾分惋惜。

「上仙，有勞您久侯了！」掌燈仙子翩然落下：「王母命我送來您相借的避魔玉玦。」

他點點頭，伸手接過玉玦，眼光仍不由地看向蓮池那頭。

「今日是八百年才有一次的仙佛飲宴，所以瑤池中來了許多貴客。」掌燈仙子善體人意地為他解說：「那邊芙蓉仙子引領來的，是優缽羅尊者。」

「優缽羅尊者？」他望著那個唯一讓他注目的身影：「佛前尊者中的優缽羅？」

「是啊！他是佛祖近前尊者，雖然不常與我輩諸仙來往，但傳言他不但俊美無雙，勝過世間一切色相，而且慧根深厚，甚得佛祖喜愛。連萬佛世祖燃燈古佛，也常與他談論經義。他這次願意應邀前來，這仙佛飲宴之名正是相得益彰。」

他聽完點了點頭，只說：「替我向王母道謝。」

看著他飄然遠去，掌燈的笑容也隨之垮了。

優缽羅？這名字……真是熟悉……

寒華？似乎……在哪裡聽過……

見過嗎？

應該沒有見過！

可為什麼會覺得眼熟，那遠勝世間一切色相的美貌？

那清傲又冷淡的模樣，怎麼會似曾相識？

優缽羅？

寒華？

有宿世的前緣？怎麼會算不出？

是累生的舊識？不可能測不到啊！

是有怨？還是有緣？

應該是有緣！

我和他，一定還會再見！

我和他，一定會有牽連！

難道是禍？

恐怕不是善緣！

「尊者，該如何解說因緣二字？」

「是劫。萬物皆空，但有因，必會有果，牽扯糾纏，因緣就是一種劫。」

「有辦法化開這種劫數嗎？」

「了斷因緣就可以了。」

「要是沒有辦法可以了斷呢？」

「恐怕會墜入輪迴宿世，受七情六欲之苦。」

「神仙也會有劫？有這因緣之劫嗎？」

「怎麼不會呢？別說是仙，天地的眾生，都逃不過這因緣二字。」

「尊者，恕我冒昧，如果您應了劫數，又會怎樣面對？」

「仙子何須多慮？因緣天定，如果會有，就是上天安排。若度不過，墜入輪迴也是註定，何必時刻憂心？它來時自是來了，妳擋也擋不住的。」

「尊者的意思是……」

「不可說，不可說。」

「我……」

「一切自有定數！」

「那只有多謝尊者指點了。」

仙佛飲宴後。

芙蓉仙子被貶凡間。

五百年後。

佛前淨善尊者優缽羅墮入魔道，困於輪迴。

從此，萬丈紅塵，起了波瀾。

1

宋　神宗四年　河南　開封府近郊

「連公子！連公子！」柴扉外，正有人大聲地擾人清夢。

「來了！」好在屋裡的主人倒是不太介意，清清亮亮地回應著。

這是一間陋室，說是陋室，實在不算誇張，只是茅草鋪搭，屋內一無長物，唯有乾淨整潔而已。

來喊人的是一位四十開外的胖婦人，衣著簡樸，一臉和善。

「許大娘，這麼早就來找我，是有什麼事嗎？」門開了，走出一個布衣青年。

許氏在心裡頭嘆了口氣，這連公子原本是世家子弟出身，父親更是當過一品的大官，可惜後來得罪了皇帝，在流放途中去世了，就剩下了這麼個獨子。可憐他出身嬌貴，哪裡懂得生活苦處。不過幸好，他的性情和順，知足樂天，倒也活得自在，只是可惜了他那滿肚子的詩書文章。

「連公子啊！今天我來，是想給公子你說個差事。」

「差事？」連玉一愣。「大娘，妳不是不知道，我手不能提，肩不能挑，平日裡種了些花草，還要麻煩許大哥為我去市集擺賣。我這副模樣，有誰願意雇我啊？」

「誰讓你挑擔提物的？你肯我還不願意呢！」

「那不知道……」吃癟

「昨天我去城裡送菜，遇上了在城東季老爺家當差的遠親。閒談中就說到季老爺這幾天正在招攬識文斷字的先生，去教他女兒讀書畫畫。我一想啊，這不明擺著有你連公子在嘛！我就和那遠親說定了，讓他介紹你去季老爺家當個先生，也好貼補貼補生計。」

「許大娘。」連玉搖了搖頭：「我爹就是被這滿腹詩書連累客死異鄉，我娘也跟著尋了短見。這詩詞文章，我是不想再沾了。」

「胡說！」許氏聞言繃起了老臉：「連公子，這就是你看不開了。連老爺生前教你看書寫字，讓你有這一肚子的墨水，你就算不求什麼功名，可這本事浪費不得啊！我們窮苦人家缺吃少穿的，倒能怨命！你連公子說是家裡敗落了，可還有一身本事，這樣勉強馬虎地過日子，也對不起過了世的父母吧！」

連玉倒是聽進去了：「可是……」

「可什麼是啊，我跟你說，今天你是去定了！去，換件鮮亮些的衫子，打扮得像個讀書人的樣子。我們這就去城東試試，成了最好，不成就算了。」

連玉天性溫順，微微一笑，算是答應了。

「沒想到，你連公子打扮了一下，還真是俊俏呢！」許氏直到了季府的大門前，仍舊沒回過神來。

「大娘，妳就別取笑我了。這還是我娘當年親手做的，我才沒捨得變賣，也都收起來四五年了，不過是件舊衣裳罷了！」

「取笑？我可是說真的。」

絕不是開什麼玩笑，連公子換好這件月白的衣服，從屋裡走出來的時候，她就覺得眼前一亮。平常只覺得連公子清秀瘦弱，沒想到只是換了件衣服，頭上挽髻，整個人就不一樣了。果然是大戶人家出身，氣度不同凡響啊！

「這事算是有點眉目了！」她喜滋滋地上前叫門去了。

「你就是連先生？」季非上下打量這個一表人才的年輕人。

「只是略通文墨，哪稱得上什麼先生，季老爺謬讚了。」

季非點頭，心裡對這個恭順有禮的書生很有好感：「令尊為人我敬仰已久，可惜緣慳一面。你願來府內教學，我也很高興，只是不知連公子你除了詩文以外，還有什麼擅長可以教導小女的？」

「幼蒙庭訓，琴棋書畫，都略懂一些的。」

「太好了。」季非轉頭喚人：「來人，去把小姐請出來見見新來的先生。」

下僕領命去了。

「連先生，有一件事我可得先和你說說。」

「老爺請講。」

「我這個女兒叫做芙蓉，今年十五歲，心地是極好，可就是性子急躁，先生以後務必要多擔待些。」

「想來小姐必然是有些巾幗之氣。」

「只是其一。」季老爺搖頭嘆氣：「她平時可沒少給我惹過麻煩，因此，我還要勞煩先生。這丫頭伶俐聰慧，詩詞歌賦倒也過目不忘舉一反三，可畢竟生成了女兒家。我也想她學富五車，可當今之世，又哪裡容得下才高八斗的女子？因此，老夫思前想後，還是要倚仗連先生多教導些琴棋雜項，分分她鑽文章的心。」

「只怕連某不才……」

「連先生就別過謙了，這些鄉野村夫當你是個普普通通的落魄書生。老夫的眼可還不花，想當年，世人稱之為天下第一才子的無瑕公子，不正是連尚書年方十七的公子嗎？」

「老爺盛讚了，那不過是年少輕狂之時的孟浪虛名，這『天下第一』四個字，是萬萬當不起的。」

「噯，年輕人不要太謙虛了，那時你一闋〈踏莎行〉洛陽紙貴。有多少飽學之士讀了你的文章自慚形穢啊！」

「那又算得了什麼？老爺也是明理通達之人，怎麼會不知道這虛名不過是過眼雲煙。」

「難得你看得開。」季非抬起頭，面露喜色：「小女到了。」

連玉自然也看了過去。

門外回廊上走來了一個素衣少女。

清而不淡，豔而不妖，好一個姿容妍麗的女子。如果再年長些，定會是傾城之貌，傾國之姿。

這位小姐……雖非見過，但怎麼看來有些眼熟……

同時，季芙蓉也上下打量著這個新來的先生。

年紀是出奇年輕，長相只能說是清秀乾淨，氣質倒是極好，溫文爾雅還帶著些官宦人家的貴氣，像是好人家出身。

第二眼望去，這先生……像是在哪裡見過！

「爹！」她行了個禮。

「來，芙蓉，見過新來的連先生。」

「連先生！」

連玉急忙回禮。

「爹，這位先生……我像是在哪兒見過……」季芙蓉還是忍不住說了出來。

連玉一愣，沒想到這位小姐如此直爽。

「胡說！」季老爺板起臉來，訓斥女兒的失儀：「連先生乃是當今名士，妳這樣地胡言亂語，豈不是汙蔑了他的清譽？」

「不說就不說，我也只是覺得這位先生面熟，想著興許哪天在街上見過才講講。爹爹，您也太食古不化了吧！清譽，清譽的，若人品高潔，想汙也汙不了。」

好一張利嘴！

「先生，讓你見笑了。」季非哭笑不得。

「哪裡，小姐說得很有道理，興許當真與在下有過一面之緣，覺得有些面善也無不可。」

「你說，你叫連玉？」季芙蓉低頭一個淺笑，挑起眉角，端的是風華玉立，音容婉轉。以一個年方十五的少女來說，她的美麗居然有了與之不稱的嫵媚。

這嫵媚……真是有點熟悉……

「在下姓連名玉。」

「表字呢？」

連玉笑而不答。

季非則在一旁暗暗點頭，先前他還擔心這連玉太過年輕，見著了芙蓉這樣出眾的姿容怕是把持不住。可現在見他神情坦蕩，眼中只有欣賞，才放下心來。

「先生為什麼不回答？莫非有什麼不方便？」

「沒有的事，在下的表字有小姐下問，與有榮焉。」

「那還不說？」

「聽說小姐聰慧，不妨來猜上一猜。」

「猜？猜就猜！」她上上下下打量著連玉，看他氣定神閒的樣子，不覺有點惱火：「你至少要給些提示吧！」

「是。」

「小姐足智，在下便不錦上添花了。」

「看你乾淨清爽，頗有道家風範，你的表字不離三清吧？」

「無塵？」

「不中亦不遠矣！」

「連玉，連玉，玉既是祥瑞……不對不對！」她苦苦思索。「無塵，無塵，玉若無塵，自是……」

「無瑕？連無瑕？」她不可置信地抬起頭：「你是無瑕公子？」

「已是昨日黃花，哪稱得上什麼公子？在下的表字，正是這無瑕二字，取意『玉若無瑕不沾塵』。小姐果真冰雪聰明，舉一反三！」

「你是連無瑕？當年以一曲〈清平調〉，折服天下才子的那個『無瑕公子』？」

那廂，季芙蓉兀自瞪著眼睛，喃喃自語。

季非轉頭偷笑。

這一回，終於有人給這丫頭吃癟了！

痛快啊痛快！

神宗五年　開封城東　季府

斗轉星移，轉眼過了一年。

季芙蓉年滿十六，連玉則有二十五歲了。

「芙蓉！芙蓉！」

「什麼？」她轉回頭來。

「什麼什麼?我才要問妳為什麼呢!這幾天妳魂不守舍,彈琴錯音,下棋錯子,連畫畫也有如胡亂塗鴉,妳是怎麼了?」他可惜著那張上好的宣紙。

「有嗎?」她意興闌珊地應著。

「有!」他拿起紙來:「我讓妳畫竹,妳畫的這是什麼?一堆燒火棍嗎?」

「先生,你就別添亂了。」

「添亂?從何說起?」

「我那些個嘴碎的丫鬟不都鎮日裡圍著你轉,你怎會不知道我爹在同我說親?」

「女大當嫁,妳已經十六,現在說親都算是晚的了。」

「你倒是說得好輕巧啊!」

「那不知該怎麼講才好?」

「應該是忿忿不平。如果我嫁了人,你不就沒了這好差事?」

「多謝小姐仗義關懷,但,還請小姐放心。老爺考慮得很周到,等小姐出閣以後,我會去揚州那邊的崇文書院授課，生活應當也很安逸。」

「嗅——你們早就算計好了啊！」

「小姐，注意儀態。」

季芙蓉拉著衣襬重重坐下：「居然一絲風聲也不露地把我給坑了。」

「小姐這話有失公平，姑娘家總是要有個依靠，怎麼能說坑害妳呢？」

「可我要嫁的是那個趙瘋子啊！你難道不知道？他不但有失心瘋，愛花成痴，最最重要的是，他之所以肯娶我，根本不是為了我的才學品貌，只是因為聽說我叫做芙蓉，還有就是為了那幾盆陪嫁的破花而已！」

「小姐可別相信那些市井謠傳，趙大人年輕有為，三十歲就官拜一品，他只是勤於學問而無暇顧及家室。妳日前還不是稱讚他那首〈念芙蓉〉寫得文情並茂嗎？這種人又怎麼會是瘋子？」

「此一時，彼一時！空穴來風，也未必無因。如果他除了詩文一無是處，我倒不如嫁給你，放眼天下，論才氣，又有幾個人及得上你？」

連玉知她情急時愛口不擇言，當然不會當真：「小姐錯了，妳可別忘了，皇上曾下旨，我連家三代以內不得舉仕。我這一生只能是布衣草民，與他相比是判若雲泥。」

「那又怎樣？只要是我願意……」她突一挑眉，嚇得連玉退了一步。「不如先生仗義相助，救救我這苦命的弟子吧！」

「怎麼個救法？」知道她要出古怪主意，連玉手心開始冒冷汗。

「來次夜奔？」

「那怎麼行！」連玉又退一步：「小姐千萬別信口開河，我年紀大了，受不了刺激。」

「我就知你不會從的。」她惱恨極了。

「其實要探聽一下他的為人品性倒也不難。」

「先生有以教我？」

「那也說不上，我是不像小姐妳一樣妙想天開，但總還有其他的方法。」

「什麼方法？」

「小姐不要忘了，對於栽種花草我還是有些心得的。」

「你是說，你想親自替我去見一見他？」

「可別再說我薄情寡義了。」

「先生在上，弟子這廂先謝過了！」她學時下的男子們，拱手為禮。

「別鬧了！」連玉側身閃過，哭笑不得。

九月初一，開封第一美人季芙蓉出閣的日子，所要嫁的，是當今朝廷的重臣，殿前大學士趙坤。

不論坊間如何議論，季府之中自然是一片喜氣洋洋。

申時，迎親隊伍來到門外。

而這廂，季大小姐依舊在磨磨蹭蹭。

「你真的沒有騙我？」她沒大沒小地問。

「我幾時騙過妳了？」連玉只有苦笑，也就是這季大小姐，還會有誰家閨女在上花轎前一刻還在問這問那的？

「要是真像你說的那樣，我嫁他倒也不是什麼下策。可我只怕你們匆匆一面，要是你一時看走了眼，我陪上的不就是一輩子了？」她盯著鏡中那天姿國色，顧影自憐：「如果是那樣，豈不是辜負了我這傾城絕世的容貌？」

「芙蓉，妳就別發痴了，花轎還在等著呢！要是誤了吉時……」季非在一旁踱來踱去，實在拿這個女兒一點辦法也沒有。

「急什麼，就讓他等好了，你還敢擺出架子來教訓我？不是你耳根子軟，把我當個物件一樣給賣了，我哪用這麼難過？」

「小姐！」連玉重重地喊她。

「喊什麼喊？我知道，儀態嘛！班昭那傻子，為難了女兒家千來年，你如今是想效法她不是？」

「始終會有這一天的，不是嗎？」他淡淡反問。

「是！」她氣呼呼地用喜帕蒙住頭臉。

「來人啊！扶小姐出去！」季非連忙叫人。

所有人呼出一口濁氣來。

一行眾人，在花園中穿行而過。

連玉遠遠地跟在後面，心裡有些不捨，那個聰慧伶俐的小丫頭嫁為人婦，這快樂的時光也到了盡頭……

「這天怎麼了？剛剛還大太陽，怎麼現在突然灰濛濛的了？」

「是啊是啊！挺可怕的呢！」

他抬頭，發現確實像大家說的，天空突然烏雲密布起來。

「大家走快些，這天恐怕是要下雨了。」季非有些著急。

話音剛落，閃電雷聲交雜而來。

連玉心頭一沉，不知為什麼，有了不祥的預感。

雷聲越來越大，越來越近，竟似有千軍萬馬從天上奔騰而來。

「爹，怎麼這麼大的雷聲？」季芙蓉也不安起來。

「這……只是突然變天……」

「老爺，我看天氣突變，恐怕會有一場暴雨，萬一半路下起雨來就麻煩了。不如通知趙家另選吉時吧！」連玉上前勸說。

「不行，要是我季家出爾反爾，豈不是要讓全開封當作笑柄？」季非搖頭，鐵了心要在今天把女兒嫁出去。

「爹，你……」

「妳好大的膽子！」天空突然落下一道人聲。

眾人相顧失色，駭然仰頭望去。

雲端上，竟有綽綽之影。

一時，所有人的腿都軟了。

一道閃電自天空落下，打在了一旁的蓮花池裡，一時水霧飛濺，到處是尖叫奔跑的聲音。

連玉護住季芙蓉，心知此時不宜慌亂，卻也滿心惶恐。

等到煙霧散盡，園內早已一片狼藉，僕人們都四散逃跑去了。

「爹！」芙蓉從連玉身後看見父親倒在地上，焦急起來。

「先別慌。」連玉看了看，說：「老爺只是受驚暈倒，看來沒什麼大礙。」

「怎麼會這樣？」

連玉搖頭，他從小受儒家薰陶，自然不太相信那些民間志怪之說，可眼前的一切邪門得厲害，由不得人要胡思亂想。

季芙蓉仍舊放不下心父親，想要走近看看。

連玉突然一把拉住了她，讓她大吃一驚：「先生，你做什麼？」

「有人！」他緊緊盯住蓮池方向，心跳像擂鼓一樣急促。

偌大的蓮池中霧氣升騰，散發出奇異的寒氣，在朦朧中像是有一道身影。

「什麼人在那裡？」連玉的手心沁出冷汗。

那人影隱約晃了一晃，向前走了過來。

連玉把季芙蓉拉到身後，再問：「是什麼人？」

霧氣終於漸散，自寒氣深濃中走出一個人。

說是「走」，其實是從水面上凌空虛步地飛行過來。

那人穿著一襲白衣，闊袖長裾，髮束金環，眉髮出奇地烏黑，容貌更是俊美無倫，偏偏面色蒼白，神情倨傲。明明是一副神仙樣貌，可惜神色冰寒，更像一座白玉雕琢而成的虛假人形。

那人盯著季芙蓉，冷冷地開了口：「芙蓉仙子，妳好大的膽子。當日受貶凡間，非但不思悔改，竟於受罰前私改姻緣紅線，亂了天地造化。只為和那人再續孽緣，竟許下千世姻緣，自甘墮落於汙濁塵世。」

另兩人一頭霧水，根本不知道這人在說些什麼。

「你究竟是什麼人？」連玉只得又問。

那人這時目光流轉，像是剛剛發現還有其他人存在。

「退下！」他冷冷斥責一聲，長袖淩空一拂。

連玉還沒反應過來，就被一股無形的力量當胸擊中，胸口一寒，憑空摔了出去，重重撞到了一旁的假山石上，一時天旋地轉，人事不知。

季芙蓉尖叫：「來人吶！救命啊！」

「妳犯了重罪，單是受貶已不足懲戒，我今天是來碎妳魂魄，別做無謂的抵抗了。」那人的聲音寒冷優美，此時聽來卻是分外可怕。

「你說什麼？我一個字也聽不懂！」季芙蓉突然發覺自己渾身發軟，挪不開腳步。

她原本也不是什麼膽小怕事的柔弱女子，可這人出現之後，她的冷靜理智居然不翼而飛，彷佛本能之中，對這人懼怕至極，除了發抖，再也沒有其他的事情能做。

「等妳魂魄離生，自然就會明白。」那人一抬眉，那兩道濃黑如墨的長眉似乎也帶著凌厲的殺氣。

「你……是要殺我……」

「不錯，銷蝕魂魄，滅妳元神。」

「不……不要啊！爹爹救我！先生救我啊！」她腳一軟，跌坐到地上。

那人又揚衣袖，眼見季芙蓉性命不保……

「唔！」一聲悶哼。

季芙蓉睜開雙眼，花容失色：「先生！」

連玉在千鈞一髮之際，縱身過來，替她擋住了這一擊。

「芙蓉，妳沒事吧？」連玉試著微笑以對，鮮血卻在言語間從雙唇滑落下來，濺到了她紅色的嫁衣上。

「先生！」她眼睛一酸，落下淚來。

連玉無力地倒在了她的身前。季芙蓉急忙過來扶他，卻瞧見他正大口大口地咯血。

「真是。」那人輕輕皺了皺眉，對眼前的情況十分不滿。這凡人本是命不該絕，更奇怪的是自己剛才明明已把他摔暈，他又是怎麼能醒過來擋這一擊的？

「奇怪……」他再一算，居然算不出這人的累世。

「先生，你怎麼樣了？」季芙蓉驚慌失措地揩擦著連玉唇邊不斷溢出的鮮血。

連玉的神智漸趨混沌。

「天意如此。」那人垂下手掌：「妳命裡的死劫被這個不知累世的人化解開了，從此以後，妳已不屬天庭司花，既然妳願意做生生世世的凡胎，就由得妳吧！」

「你這大膽凶手，怎麼能目無王法，在光天化日之下行凶？」季芙蓉怒目而視。

「他自願受妳一劫，與我何干？」那人絲毫不為所動。

「你為何要殺先生？你要殺殺我就是！先生他……」說到後來，已是泣不成聲。

「哼！」他冷冷望著，正待拂袖而去之時……目光突然一斜。

「上仙留步！」角落裡灰影閃動。「上仙今日收取了未盡陽壽的性命，我們如何向閻君交差？雖然只是一個區區凡人，但還望上仙體恤我們這些小小鬼差。」

他雙眉一擰，心裡有些不耐煩。

「麻煩。」他回頭看了看那血泊中的青年，一拂衣袖。

連玉唇邊的血跡奇蹟般凝固住了。

「他的陽壽尚餘多少？」他問道。

「連玉，命盡二十六，距今不過一載時光。」

「他現下元氣虛散，熬不過一年。」只怕是轉眼就要死了。

「上仙所言甚是。」

「那就如實上報閻君，我絕不推搪。」

「其實還有一個方法或者可以一試。」灰影支支吾吾地講。

「說。」

「只要上仙願意渡少許仙氣給他，自然能幫他撐過這一年。」

「他只是凡胎肉身，怎麼受得了我的仙氣？不會令他立即離魂嗎？」

「只要上仙渡給他一絲仙氣，就可以令他多活些日子，如果過後仙氣斷絕無續，他自然就活不成了。」

「這種方法有違天理，我代為司掌仙律，怎能明知不可為而為之？」

「上仙先別動怒，他本來從近日開始就會纏綿病榻，上仙雖是稍微改寫了命運，可也算不上什麼違律。」

「一年。」他略做思索，然後抬眉：「一年後，到長白幻境領他的魂魄。」

「多謝上仙！」

那人一拂袖，轉瞬間消失不見，而季芙蓉方才還扶在手上的連玉也突然失去了蹤影。

「先生！先生！」季芙蓉站了起來，仰望天空，茫然喊著。

2

痛！

渾身上下，沒有一個地方是不在痛的！

怎麼會這麼痛？是出了什麼事？今天……

連玉猛地睜開雙眼。

「這是哪裡？」他的喉嚨好痛，講話沙沙啞啞的。

這是一間竹舍，布置得極盡簡單，卻意外地潔淨高雅。陽光自窗櫺處透入，及地的白紗輕輕搖曳著。

渾身的疼痛在告訴他，自己仍然活著，那麼，這裡又是什麼地方呢？

他試著想站起來，靠著全部的意志撐起了虛弱的身體，可一站直，整個人猶如落葉一樣搖晃個不停，抓住一旁的床柱才沒有倒下。

挪開腿，腳步像有千斤之重。

這樣子反反覆覆，走走停停，走了很久才靠近那扇並不算遠的門。

用力推開門，入目的景色一時令他失了神。

眼前一片深藍與銀白交相輝映。

深藍的是水，一片望不到那頭的湖水，波瀾不興，如一面深邃明鏡。

銀白的是雪，鋪滿湖邊，地上。

就像畫中才有的景色，不像存於世上，可怎麼會感覺似乎……

他正一臉迷茫舉目四顧，爾後忽然一驚，差點失足跌倒。

在湖中離岸不遠處，那塊聳立的巨石之上，正站著一個雪白出塵的身影。髮色烏黑，眉色如黛，白衣飛揚，不就是那個從天而降，阻撓了芙蓉的婚事，又打傷了自己的怪人？

他心中有了恐懼，腳步不禁向後挪動起來。

可白衣人顯然看見了他，腳下不動，整個人像風箏一樣飄了過來。

連玉退了幾步，絆到門檻，狼狽萬分地坐倒在地上。

相較於他，那人則輕巧地落在他的眼前，用俊美的面孔以及冷淡的表情自高處俯視著他。

「你是什麼人？這是哪兒？為什麼把我帶來這裡？」連玉好不容易穩住心緒，仍算平靜地開了口。

那人依舊清冷倨傲，五官像用寒冰雕琢而出，沒有半點表情，只是寒意迫人地盯著他。半晌，才開口說話：「從現在開始，你就住在這裡。但不要多話，我不喜喧鬧。」

「這是究竟是什麼地方？」

「一個靠你自己離不開的地方。」

這個不說連玉也知道，以自己的體力，不可能在這片冰天雪地中走出多遠。話說回來，這裡雖看來一片嚴寒，可自己只穿了一件單衣也沒覺得有多冷。

「為什麼我感覺不到寒冷？」

「你體內已經有我的氣息，我不怕冷，你當然也不會怕。」

「那我為什麼需要留在這裡？」

「有必要。」

「要多久我才可以離開？」連玉可不希望他說出一輩子這樣的話來。

「一年。」那人皺起眉，顯然是不耐煩了。

連玉自心底吁了口氣。

「你，究竟是誰？」

那人看了他一看，輕聲吐出兩個字來。

寒華？

那人留下這個名字就飄然離開了，他心裡還有太多的問題沒有得到解答。只有一點可以肯定，這個叫做寒華的，應該不是個凡人。

好笑啊！一向不信鬼神之說的自己得了這麼一個結論出來，還真是諷刺。

距離寒華離開已經過了七天，連玉也獨自一人滯留在這個地方七天。這一片銀白世界中，再沒有其他的生命，惟有日升月落，能供他知道又過了一日。

他不是個害怕寂寞的人，反而很喜愛寧靜，可是這死寂的環境，也讓他有了幾分憂慮，難道未來整整一年的時間，就要和這片清冷悽苦共度不成？

神奇地少了饑餓與寒冷的感覺，甚至連睡眠也不再那麼需要。而這些，更凸顯出了這裡的冷冷清清。這裡，只適合那個人居住，而不是他這個有血有淚的凡夫俗子。

芙蓉，不知道怎麼樣了？雖然那一天受了傷，但隱約還有些記憶，知道他沒有傷害芙蓉，這就好了⋯⋯

胡思亂想，除了胡思亂想，他又能做什麼？

原來這種樣子，才叫孤獨⋯⋯

再看見寒華，是半個月後的事了。

在湖邊獨坐的那一刻，看見白影翩若驚鴻而來，忍不住有了一絲欣喜。縱然是懼怕他的，可他好歹也能說會動，比這滿目的死物要強得多了。

「寒華先生。」他站起來，有禮地問候。

寒華只是冷冷一瞥，不予回應。

連玉微微一笑，經過前兩回，已經大略知道他天性冷淡，心中對他人不太看重，倒不會意外他有這種態度。

「你還好嗎？」寒華問，語氣冰涼，一點也不像在關心別人。

「多謝先生關心，我很好。」

寒華被這不卑不亢的語氣惹得多看了他一眼，這一看，他又把眉一皺。

「不知有什麼不妥當的地方？」連玉低頭看了看自己。

「沒什麼。」又是這樣，這凡人的累世竟測不到！

他仔細打量著，可看來看去，也沒覺得這人有哪裡特別。

不過就是一具汙濁皮囊。

一甩袖，掉頭要走。

「先生！」連玉出聲喊住他。

寒華皺眉停了下來。

「我有一件事想求先生幫忙。」

「講。」這個凡人唯一的長處，似乎就是恭順有禮，也不無理取鬧。

「雖說有些唐突，但我只是一介俗人，這山居寂寞，還望先生體諒一些。」

「你想離開？」寒華眸色變冷，因為他的不知好歹。

「先生誤會了，我答應留在這裡，就不會反悔。只是希望先生能給我一些花種、書籍，以打發這漫漫時光。」好像有些不情之請的味道，他說出口時有一絲赧然。

寒華面色冷凝，隨即展袖回頭，冷冷回應：「好！」

也不知他何時來過又走了，但第二天，連玉一睜開眼睛，就發現屋裡的陳設有了很大的改變。

原本空無一物的桌案上多了一架古琴，書架上也放滿了書籍，矮几上放了一張棋盤，筆墨紙硯更是一樣不少。門邊地上放了兩個小簍，裝滿了各式的花種，種花翻土的工具也倚門放著。

一看之下，他的心裡十分感激。這個寒華雖然看來冷漠，可真的很細心。當他看見櫃中新放置進去的衣物時，更加肯定了這個念頭，寒華並不是那麼不近情理的人。

換下已穿了十幾天的舊衣服，擦洗了身子，穿上雪白輕盈的綢紗衣裳，整個人精神一振。他本來就是喜好潔淨的人，這十幾天來，雖然沒有汗漬髒汙，但他仍是覺得有些不舒服。

推門而出，連空氣也分外鮮潔起來，他臉上不禁露出了笑容。

有了喜愛的事物打發時間，日子似乎不再停滯不前。

每天清晨，打理著門前的小小花圃。午後，撫琴，弄墨，自奕，閱讀。

單調、安寧，就像回到了獨居於茅舍中的單純日子。更好的是，不用再為生計而憂心。

轉眼，過了三個月。

等他終於發現這一點，不禁有些感嘆，轉眼就已經過了三個月，一年，應是很快就會過去的吧！

只是，在第四個月開始的第五天，出現了一個料想不到的情況。

那一天的清晨，他一如既往地早起，可並不是因為睡足了，而是因為覺得有些發冷。

起初，他不以為忤，直到中午，才發覺不大對勁。不但寒意大熾，更可怕的是，胸口傳來一陣勝似一陣的抽痛。那痛，和當天捱寒華一拂時一模一樣，又冷又痛，就像是被千斤的冰重重壓在了心口。

午後，痛得只能在床榻上休息。整顆心，糾結難耐，只能輕輕地喘息來確定自己仍然活著。

難道，要死在這兒了？這萬丈冰封的冰天雪地裡……

倒也不失為一件美事。

只是，今夜月色極美。

聽說，黃泉路上，沒有月光。

他掙扎著起身，掙扎著往門口走去，無論如何，也要向那皎潔明月道聲再見。

當寒華趕到的時候，見到的正是這樣的景象。

月光下，那個凡人正坐在臺階上，靠著廊柱，穿著一襲白衣，雙目低垂著，神態安詳，似乎是睡著了。當然，如果不是他前襟上滿是鮮血……

還沒死！

連玉似乎感覺到有人來了，費力地抬起了頭，良久，才瞧見了眼前最近唯一熟悉的臉孔。心裡有些高興，畢竟在臨死之前，能見著一個人總是好的。

他微笑著打招呼：「你來啦！」

那笑容縹緲，如看破生死的智者，他本來甚是平凡的五官在月華下，笑意中，竟清豔得不似凡人該有的色相。

突然，嘴唇一動，又沁出一絲鮮血來。

寒華看著他，不明白自己心中那一瞬間的動搖從何而來。

前一刻，身在萬里之外，胸口一痛，想也不想就知道是這兒出了事。哪裡來的牽繫？只是那一縷仙氣？又或是還有其他的原因？

當他微笑時，腦中像是閃過什麼……

月色下。

一人垂死。

一人嚴峻。

當連玉清醒時，人已經睡在床上，月光灑落床頭。

仍然活著！

無論如何，活著總是值得慶幸的事。

側過頭，看見了站在床前的那道白影。

「先生。」他想坐起來，卻有些力不從心。

寒華轉身，像是想要離開了。

「謝謝你救了我！」連玉趕忙道謝。

「是你命不該絕。」他依舊冷冷淡淡。

連玉是一代名士，當然擅長雄辯滔滔，只是性格平和，不愛和人較勁，加上寒華性子陰冷，有一種天成的壓抑，更是讓人覺得無法應付。

只能默默地望著他離去的背影。

他低頭嘆了口氣，看著身上潔白如新的衣衫，苦笑了一下。

這個寒華，到底是什麼呢？

有些像神仙，潔淨高傲。但傳說中的神仙不都是慈眉善目、滿懷憐憫，世上真有這種冷漠無情的神仙嗎？如果說是妖魔，那就更不像了，這世上又哪來這麼仙風道骨的妖魔？

次日清晨，當安然無恙的連玉推開門的時候，又愣住了。

白衣飛揚的寒華正站在湖中的巨石之上，背手向天。

他還沒有離開？

連玉呆了一呆，隨即笑著問候：「早啊！先生。」

不知是沒有聽見還是故意，寒華依舊紋絲不動地站著。

連玉也不打擾，開始了一天的活動。

寒華給的種子像是異品，和雪蓮一樣不畏嚴寒而且生長迅速。不過短短幾個月，竟然長成了一片新綠，甚至有了小小的各色花苞。

取來小勺的湖水，為它們澆灌。連玉的臉上始終有著淡淡笑容，他一身白衣輕揚，在陽光下，竟也有了幾分出世之姿。

而寒華，始終背對著他，仰首向天，心裡不知在想些什麼。

午後，連玉從房中取出那架古琴，在屋前的臺階上隨意坐下，琴放在膝上，試了試音，彈奏了起來。

曲調清婉，奏來如豔陽春日，把臂同遊，又好似春回大地，萬物復甦，令人生出歡喜心情。

一抹弦，自工至羽，曲終。

這一曲，連玉本身也很滿意。

一抬頭，寒華冰冷的臉近在咫尺，他一驚，失手落了琴。

寒華腳一挑，琴又落回他的膝上。

「多謝！」連玉有些驚魂未定地說道。

寒華一皺眉。

「是不是我的琴聲打擾了先生的清淨？」知道他這是表示不悅，連玉急忙賠罪：「我琴藝劣拙，胡亂彈奏了一氣，實在是很慚愧。」

劣拙？雖然他不善音律，但也分辨得出來是否劣拙。在記憶所及，天上樂仙之流，也不過如此。

「你叫什麼名字？」他有了興趣，生平第一次，冷漠的他對一個並非必要的存在有了興趣。

「在下姓連名玉，字無瑕。」連玉放下琴，站了起來，一貫溫順地回答著。

「連玉。」他淡淡念著。

兩個人站得很近，連玉第一次這麼近地看著寒華，只覺他膚色白得似雪，髮色黑得如墨，五官更是形容不出地冷峭俊美。不但容貌看來如寒冰般冷冽，身上竟真的有淡淡的冰雪味道傳來。

對上那雙眸色略深的雙瞳，他的心不由一震。這個寒華還真是無情得很，那眼中除了寒冷，居然沒有任何情緒。

長得還真高，自己站在一級臺階上才勉強與他同高，若並肩，豈不矮了他近半個頭？

縱然同是男子，也不禁感嘆，世上真有這樣完美的人存在啊！

可他在看些什麼啊……怎麼會變成是在瞪著自己？

「算不出……」寒華輕聲低語，困惑著。

風吹過，吹皺了那一面明澈的水鏡。

奇怪，實在是有些奇怪。

想到這裡，他忍不住望向湖心那塊巨石。果然，那抹白影依舊靜靜地站在上面。

已經十天了，這十天以來，寒華每天都站在那上面。不，應該說是一刻都沒離開過那塊石頭，似乎與石融為一體了。自從那天問過自己的姓名後，他就一直保持著那個姿勢，像是心裡有一個很大的疑難無法解開。

連玉搖頭苦笑，暗暗責備自己太多管閒事了。

眼角突然覺得白影動了一下，於是忍不住回頭看去。

一剎那間，人影已杳，空留那塊巨石。

他走了！

連玉微笑，低頭繼續照顧花草。

「你是什麼人？」

連玉嚇了一跳，手裡的水勺掉到了地上。這不能怪他，任誰獨居這麼久，聽到陌生的聲音都會嚇到的。

他抬起頭，又是一愣。

那聲音清脆動聽，一聽已知道是個女子。

可沒想到，季芙蓉已經是傾城的美人，和眼前這位女子比起來，竟硬生生遜色了幾分。遜色的倒不是樣貌，而是那種清傲的氣質，如果說季芙蓉好似牡丹華貴，這個女子就是冷傲寒梅，好一副玉骨冰肌，好一個仙子似的美人。

是啊！覺得熟悉的，就是這種從骨子裡透出來的冷淡和傲氣，居然和寒華有幾分的相似……

「在下連玉。」雖然不知道她的來歷，可看她的樣子，似乎與寒華有些關係。「小姐可是來拜訪寒華先生？」

那女子也不說話，只是上上下下打量著他。

目光甚是耐人尋味。

「先生剛剛離開不久，至於去哪兒，我就不知道了。」

「你是什麼人？」她依舊問了一句。

「在下連玉，因有些緣故，在這兒小住些日子。」

「他說了什麼時候會回來嗎？」

連玉微笑著搖了搖頭。

女子皺了皺眉頭，顯然對於這回答並不滿意。

「你是凡人？」

「是的。」

「你可知道我和他是什麼人？這兒又是什麼地方？」

連玉仍是搖頭。

女子線條優美的眉越皺越緊。

「你問過他嗎？」

連玉點頭，道：「先生不曾回答，想是不希望我知道。」

「我可以告訴你。」

「多謝小姐的美意，可我還是不要聽的好。」

「為什麼？」

「先生既然不願意讓我知道，我知道了反倒不好。」

「好個油嘴滑舌的凡人！」他的態度讓女子有些惱怒。

「不知何時冒犯了小姐？」連玉不知所以。

女子冷冷哼了一聲，神色變得古怪。

「掌燈！」

連玉側頭望去，發現不知何時，寒華已經站在了旁邊。

「掌燈見過上仙。」那女子神情一斂，盈盈行了個禮。

連玉有些吃驚，她方才還冷若冰霜，這一刻卻突然換過了另一種模樣，眼角眉梢笑意盎然，整個人都生動起來。

他心裡有些了悟，再看看寒華依舊是那種冷冷淡淡的表情，心裡忍不住嘆起氣來。多情最是怕無情，古人真是說得有理。

「找我有什麼事？」果然還是距離長遠的那種口氣。

連玉見狀，往屋裡面走去。

身後，一對璧人，可惜，似是落花有意，流水無情。

一人帶笑，一人含霜。

3

又過了一個月。

自從那天有女客來訪過後，寒華也隨即失去蹤影，倒是連玉，日子過得越發順暢起來了。

他原本就是一個隨遇而安、性格灑脫的人。但父親生性嚴厲，對他從小管束甚嚴，所以養成了進退有矩的個性。但他天性中自有一份隨性與灑脫，那造就了他文采中的靈動飄逸。現在，久居在這浩渺無人之地，那份隨性隨著禮教的消去而漸長了。

仙魔劫 連玉

絲衣綢履，散髮弄菊，一年，實在是短了一些。

這一天，極目晴空。

午後，取了筆墨，畫了一株芙蓉，望這芙蓉，自然想到了那芙蓉。想著想著，有了倦意，於是由著自己，在花叢裡小睡片刻。

寒華到來的時候，見到的就是這樣一幅景象。

原本屋內的矮几被挪了出來，安放在花叢中的小徑上，種下不過旬月的花朵已是開滿枝頭，嫣紅奼紫，而那個連玉正伏在几上睡著了。

寒華有些驚異。

是的，驚異。

自從盤古開天闢地以來，能讓寒華感到驚異的事絕對稱得上「屈指」二字。可這個濁亂紅塵中的凡人令他感覺有些驚異了。算不出累世是一驚，現在，是另一種訝異。

人類，凡子，在他的眼裡是汙穢的。紅塵萬丈，血雨腥風，不過是貪婪與不知節制的本性。欲望，乃萬惡之源；人，本是萬惡之首。但眼前的這一個，像是異數。正因為在他身上沒有汙濁的味道，才願意把他放在這裡。

這個人，應該知道他所遇見的不是平常人，可除了先前有些手足無措，到後來反倒不驚不懼，進退有禮，就像面對的只是生疏的朋友，而不是令人畏懼的異族。有一些清淡的欲望，而後，自得其樂，極能適應變遷。

寒華的目光暗沉下來，眼角一一掠過花木。

這個凡人不知道，他心裡可明白得很，這些花種是自昆侖山西王母的花園中得來，可不是普通的凡種，從發芽到開花少說也要上百年的時間。

而在這長白山之巔的幻境裡，要在這萬年的凍土中成長，除非是司掌百花的神祇……不！就算是司掌百花的神祇，也絕對無法令它們在短短數月間生得這樣繁茂。

這個連玉，究竟是什麼人？

縱然玉皇王母，西天諸佛見了自己，也要先敬畏三分。這碧落黃泉之中的冥冥眾生，又有哪一個逃得過他掐指一算？何況這個人雖然骨骼清奇，卻明明毫無任何仙魔之氣，只是輪迴中的一具凡胎而已。

九萬年了，已凝結了九萬年的寒華的心，有了一絲動盪。

連玉卻絲毫不知。

陽光下，有些手痠的他換了個方向，又沉沉睡去。

寒華依舊寒著臉，盯著這個不知死活的凡人。

不知夢見什麼，連玉的臉上露出了笑容。

只是一抹極盡清淺的微笑。

那笑，竟讓無所不能的寒華退了半步。雖然只有半步……寒華自有所成以來的九萬年裡，哪怕面對天崩地裂之變，也未曾有一絲動容。

但，胸口的緊窒是為了什麼？

那笑……是熟悉的，莊嚴、慈悲、憐憫眾生的笑容。但不曾見過！對，不曾見過！

從他降生世間的第一天算起，第一次，寒華面帶一絲驚慌地逃開了。

狼狽地自一個毫無法力的凡人身邊敗逃。

只是因為一抹微笑！

連玉永遠不會知道，所有一切的緣起，或許只是源於他睡夢中的這一個微笑……

連玉醒來時，日已漸西沉，殘陽正如血。

抬起有些痠痛麻木的脖子，伸手揉搓時，卻意外地看見了那個日益熟悉的背影。

依舊是負手向天，獨立於天地蒼穹，白衣獵獵，說不出地英姿傲骨。

看得正有些出神，他突然轉過身來，二人目光相撞，連玉一愣。

那雙自相識起就如同萬年寒冰的眼眸裡，居然有了一閃而逝的光芒。

居然那麼清亮！

不，這個人的眼睛裡可能蘊涵情感嗎？應該只是夕陽織就的幻象罷了！

「寒華先生。」他站起身，施禮問候。

寒華冷冷地盯著他。

「我這樣真是失禮。」他意識到自己衣冠不整，不禁有些羞愧。近來日子過得太閒適，連應有的禮儀都快拋卻了。

見寒華依舊瞪著自己，他心裡不由有些慌亂起來。低著頭，努力想要拉平睡皺了的衣物。

「哎呀！」待低頭時，看見那張畫居然被壓皺了，立刻蹲下身去想要撫平褶皺。可顯然那些折痕頗深，已經無法恢復舊觀了，他不禁面帶惋惜地望著那張不錯的習作。

待到眼角一花，一抬眼又被寒華嚇了一跳。

「先生？」他忐忑地行了一禮。

寒華斜斜看了一眼，抬起手來。

連玉往後退了一步，臉色變得蒼白。

寒華冷哼了一聲，袍袖輕拂，矮几上的畫紙立刻變回了平整無痕。

「先生，在下只是因為……」

因為什麼呢？那輕輕一拂讓自己生不如死，所以心存猶疑？還是信不過寒華看來難以揣測的個性？

平心而論的確是二者兼而有之，但這也不是這般失禮的藉口。

他期期艾艾地說不出個所以然來。

寒華拂袖轉身，飄然而去了。

連玉沒來得及說出口的話，只得悉數留在肚子裡，化為一聲長嘆。

看來，自己與這寒華，是八字犯沖呢！

連玉原以為至少又會有很長一段時間見不到寒華，卻沒料想，他們二人竟然當夜便又再見面了。

他睡覺本來就十分警醒，那輕微的聲響幾乎是立即讓他醒了過來。

連玉心裡十分好奇，若真如他所知那樣，這地方和凡世的其他地方完全不同，就是一片寒冷死寂的荒野，除了自己和寒華再沒有半絲生靈，那這大半夜哪來的聲音？

不過縱然詫異，他倒是沒有懼怕之類的情緒，也許是於心深處篤定不可能會有什麼可怕的事情發生。

於是他披衣而起，想打開門看個究竟。

一拉開門，一堆雪白的東西倒了過來，出於本能，他伸手一把擁到了懷裡。

「寒華先生？」月光下，他不能相信自己所見。

那個倒進來的……居然會是寒華？

那個向來高高在上，有如神仙一樣的寒華，居然雙目緊閉面色蒼白，像是生了重病一般。

「先、先生，你怎麼了？」連玉有些慌了手腳。

「扶我……過去……」寒華看來意識清醒，只是全身無力。

連玉連忙扶起他往床榻走去，所幸看著高大的寒華遠比他料想中來得輕盈，所以也不覺得太過困難。

可扶他躺下以後，連玉又不知道該怎麼辦了。

「我要抵抗藥性，不能被人打擾。」寒華閉著眼睛，喃喃吩咐。

「我知道了！」連玉急忙走到一旁，規規矩矩地坐到了椅子上。

寒華不再說話，就那樣躺著不動，像是睡著了一樣。

但是連玉能看到他額頭慢慢沁出了一滴滴的汗水，接著全身都在出汗，一下子浸透了身上輕薄的衣物。到後來那汗水竟開始結冰，不一會連帶衣物都被包裹到了一個薄薄的冰繭之中，樣子真是詭異到了極點。

連玉看得心慌，卻又礙於他之前的吩咐，不敢貿然上前。

似乎過了很久，那層薄冰終於開始融化了，不過一小會兒，隨著淡淡的水霧，就連冰帶水都消失得乾乾淨淨，只餘寒華穿著一襲白衣，乾乾爽爽地閉目躺在那裡。

連玉吃驚地看著這神乎奇技的異能，一點也沒意識到窗外天色已經漸漸發白。

正驚訝著，視線中的寒華突然一動，然後他睜開雙眼，像是想要坐起來卻又力不從心的樣子。

「你過來！」寒華開口喊他：「扶我坐起來。」

聽聲音，像是好些了吧！

連玉急忙湊前將他扶起，發覺他的身體比起剛才重了許多。

寒華盤腿坐好，但臉色還是十分難看，非但目光有些渙散，額頭也開始滑落汗珠。

看他平時七情不動的臉上流露出一絲痛苦，連玉覺得有些心慌。最後還是終於忍不住，拉起了袖口輕輕拭了拭他額頭上的汗水。

寒華只覺恍惚間，有一絲淡淡花香飄過。

是什麼花的香氣？清冽淡雅，竟如春日清晨的一縷陽光。

這獨特的香氣可是曾經聞到過的？

他下意識地睜開了眼睛，努力調整著視線的焦點，想尋找那香氣的來源，意外地在極近之處看見了一張臉。

那張臉上有著清清朗朗的眉目，溫和秀氣的唇鼻，如同墨黑珍珠一樣的眼睛望著自己，有些焦慮，有些擔憂，更多的是關懷。

關懷？

他心神一動！

那冰封了千萬年的心，竟像是出現了一絲裂痕……

自從那一夜受傷以來，寒華終於改去了負手向天的慣常姿勢，而不得不躺在屋內的床榻上休息，就這樣動也不動地昏睡了九天。

知道他傷得古怪，連玉也只能由著他昏睡不醒。終於在這一日的午後，寒華睜開了眼睛。

可實在是奇怪，他醒是醒了，卻是從醒來以後，任何的反應都沒有，眼珠子眨也不眨地盯著連玉。

被他看得心裡發毛，連玉只得鼓足勇氣，走到他跟前，輕輕喊道：「先生？你可還好？」

寒華卻是毫無反應，直勾勾地盯著他看。

不會是受了驚嚇吧？連玉心裡這樣想著，手已摸上他的前額。

「啊！」看著被一把抓住的手，連玉驚喜地問：「先生，你沒事了吧！」

寒華看著他，呆滯的目光開始注入清明神色。

「無瑕！」他輕聲喊道。

他平時講話一向冷漠平和，幾乎沒有什麼音調起伏，這一句卻如同溫柔低語，沁入人心。

連玉嚇了一跳，只想著這個寒華……是怎麼了？

「無瑕！」寒華又喊，連玉從來沒有想過，他的聲音能夠這樣地溫和。

他心頭一震，奮力想抽回被寒華握住的右手。

「先生！」想想就知道，他的力氣又怎會放在寒華的眼裡。

「寒華！叫我寒華。」寒華突然笑了一笑。

這一笑，簡直如直視陽光一樣眩花了連玉的眼。寒華一向冰冷無情，可這一笑，化去了那冰雪似的外衣，讓人再次震懾於他的俊美容貌。

「先生……」連玉不知所措極了。

「你為什麼不願意叫我的名字？」寒華斂起了笑，難掩失望神色地低聲追問。

連玉只覺得一股寒氣從腳底冒了上來，被他太過反常的舉止，嚇掉了三魂七魄。

看著那失望的表情，被嚇出了冷汗的他也不知道為什麼會鬼迷心竅，應了一句：

「寒華。」

雖然聲音和蚊蚋差不了多少，可寒華顯然是聽見了，又重新流露出那種融冰化雪的笑容來，輕柔地回答他：「什麼事？」

「你，可不可以放開我的手？」他覺得手心裡已經冷汗淋漓了。

寒華看看被自己握住手腕的那隻手，不能理解地問：「為什麼？」

為什麼？連玉倒抽了一口冷氣，對於這種荒謬的對話無法置信。

你不但緊緊抓著我，還天經地義似地自然，這句為什麼怎麼也輪不到你來問吧？

「你我這樣不是有些奇怪嗎！」他按捺下無法形容的心情，戰戰兢兢地問道。

「奇怪嗎？」那邊寒華又問，還是帶著疑惑不解：「有什麼奇怪？」

說來說去，就是不想放手。

「你生氣了？」看到連玉皺眉，寒華似乎有些不安起來：「我不過是想握著你的手，你別生氣，我放開就是了。」

連玉抽回手，只覺得毛骨悚然。

如果不是這九天裡他一步也沒有離開過這個人，出現這種狀況，他定會以為眼前這個只是與寒華長相相同的另一個人。

那個感覺總是高高在上、冰冷無情的男人，怎麼會用這雛鳥望著母親的模樣盯著自己？

然後，他被自己想像中的畫面嚇出一身冷汗。

這一場不知是病痛還是傷痛，不會讓寒華神智受損了吧！

不行不行，一定要問個明白。

「你有沒有覺得哪裡不舒服，像是頭痛頭暈之類？」

「沒有啊！」

的確，他看來清醒得很。

「那你還記不記得自己為何會昏睡了這麼久？」

「昏睡？」他終於將目光從連玉身上挪開，然後皺眉回想。

半晌，他搖了搖頭：「我不太記得了，只記得像是去赴宴，後面的事就有些模糊了。」

「想不起來就別想了。」看見他眉宇間的憂慮，連玉有些不忍心。

「嗯！」寒華俊美的臉上泛起笑容，討好似地看著他。

連玉毫無受寵若驚之感，只覺背後冷汗淋漓。

這場面真是要命地尷尬！

「先生，你可不可以不要這麼看著我？」連玉覺得自己撐不住了，再這樣下去……

「寒華！」

「什麼？」連玉張大眼睛，為了他再一次的答非所問。

「你又忘了。」寒華站了起來，連玉驚退兩步。

「叫我寒華，我不想聽見其他的稱呼。」他的溫言輕語之中有著太過明顯的壓力：「聽到了嗎？」

連玉只有愣愣地點頭。

「喊一聲給我聽聽。」

「寒華。」他被嚇到六神無主，只能聽命行事。

寒華滿意地點點頭。

「你真的沒有不舒服？」連玉謹慎地問。

寒華搖搖頭：「只是小小伎倆，還不在我眼裡。」

「那就好了。」他這樣古怪大概只是大病初癒，過兩天應該就會好了吧！

「你累了嗎？」寒華望著眼前連玉顯得疲憊的容顏，微皺眉心：「這幾日你一定沒有好好休息過。」

「還好。」他昏睡不醒，自己哪來心情休息？

「睡覺吧！」不由分說，他一把拉過連玉。

「幹什麼？」不是他愛大驚小怪，可寒華幹什麼把他拉到床邊去？

「好好睡一覺！」寒華毫不費力地，就把纖瘦的連玉平放到了床榻上。

由於太過吃驚，連玉只能任由他為自己蓋好被子，脫去靴子，任由他像哄小孩一樣摸了摸自己的頭髮。

「好好休息，我會守著你的。」

守著？沒有必要吧！

連玉原本想要反駁，卻因為寒華的一抹笑容而哽在喉間。

他笑得這樣開心，這樣溫柔，還是……別太傷人了！

見鬼！

連玉閉上了眼，忍住詛咒的衝動，告訴自己這只是在做夢罷了。是做夢！睡醒了這一切就會消失，這可怕又古怪的寒華就會消失！一定會！事實上他也是真的累了，不消多時就沉沉睡去。

這不是真的……

對上那雙色澤略顯暗沉的美麗眼睛，連玉立刻從睡意中徹底清醒了過來。

「你……」他眨眨眼睛，確定了眼前的並不是幻影：「你是真的！」

「早啊！無瑕。」那罪魁禍首正一臉無辜的笑容。

「你，一夜沒睡？」睡下時正是黃昏，此刻窗外陽光明媚，自然已經是過了一夜。看寒華的模樣，居然和昨日他入睡前一模一樣，別說衣物，就連坐在床頭的姿勢也沒有什麼分別。

「不，已經過了兩個黑夜。」

「這麼久了？」怪不得越睡越累，渾身軟綿綿的。「那你呢？難不成你一直坐在這裡？」

「是啊！」寒華並沒有覺得自己做了什麼傻事。「我說過要守著你的。」

「你……」這個人……他是瘋了嗎？

不行不行！此刻一定要弄個明白，免得這令人擔驚受怕的日子繼續下去。

「寒華。」他小心地記著前次某人的堅持。

「什麼事？」寒華挑眉，看來這一聲讓他心情極好。

「你覺不覺得有些奇怪？」連玉問得戰戰兢兢。

「哪裡奇怪？」

「你以前對我沒這麼特別，可現在……」連玉說得有些艱難，畢竟這只是一種詭異的感覺，還是讓人覺得毛骨悚然的那種……

「我以前對你不夠好，是嗎？」

「不是不是！很好的！我只是不習慣你如今這般……」只願你依舊冷若冰霜，那樣我才更容易接受一些。

「那就習慣，我今後只會對你更好！」寒華說得極為自然，就好像在說天氣會好會壞，會晴會雨一樣自然。

「為……為什麼？」

「因為……」他微笑著給了一個原因，一個足以嚇死連玉的原因：「因為我心悅於你。」

「你說你覺得我不錯是吧！」僵硬著臉，連玉猶不死心：「難得你把我看作朋友，互相欣賞自然是應該的……」

雖然說辭牽強得語無倫次。

「不對！」寒華突然正色道：「不只是朋友！無瑕，你我之間不應只是朋友。我是寒華，是你唯一可以全心愛慕之人。」

「什麼……」應該是會錯意了！一定是自己會錯意了！不可能會是……

「那些凡人是怎麼說的？比翼雙飛？共諧連理？無瑕，你可明白我的心意？」

「你……你……」連玉腦中「轟」的一聲，一片空白：「不可能……你……是在開玩笑嗎？」

「不是開玩笑！」寒華煩惱地皺著眉頭：「我鍾情於你絕對不是什麼玩笑！」

「你瘋了嗎？寒華，你肯定是瘋了……」終於，下一刻他回過神，開始意識到事情有多麼嚴重：「你到底明不明白自己在說什麼？」

「我鍾情於你，有什麼不對？」被他的反應傷到了，寒華的語氣裡也有了不自然。

「不對？這當然是不對的！」他挪動到了床榻的另一頭，盡量和寒華保持距離：「你我同為男子，怎麼可以開這種荒唐的玩笑來尋我開心？」

「不是玩笑！」寒華站了起來。

「荒唐！」連玉難得這樣聲疾色厲地駁斥別人。

「有什麼荒唐的？」寒華不明白這有什麼不對！

「斷袖之癖本來就是亂了三綱五常，我自幼受聖賢之訓，絕對不會……絕對不會……」說到後來，連玉已經是又氣又急，不能成句了。

「絕對不會喜歡上另一個男子？」寒華終於明白了癥結所在。

「你怎麼還笑得出來？」連玉不禁呆住了，想著這難不成真是個玩笑……

「這只是極小的問題。」

「小問題？你可知道……」話還沒說完，他就被眼前的景象驚住了唇舌。

「這樣，就稱不上有什麼問題了吧！」

芙蓉如面，柳葉為眉，唇若點朱，膚似凝脂，髮如烏木，骨肉均勻，秋水為神，好一個絕世美人！

可是……

「寒、寒華？」連玉呆呆地看著他一個轉身，就變成了這個模樣。

「如果我是個女子，這就不算是什麼問題了吧！」

「可……你不是女子……」是法術吧！這不過就是障眼法而已！

「不，只要我願意，化身女子只是雕蟲小技。這並不是幻視障術，而是我的另一種樣貌。是男是女只是世人的執著，對我來說根本沒有什麼意義。」

「不行，就算是這樣……」無論是什麼樣子，他都是寒華不是嗎？

「為什麼？我這個樣子還不夠美嗎？」他故意靠得近些，讓這個不識金鑲玉的書呆子看個清楚。

「美自然是很美的。」這樣的容貌，遠遠超過了他所見過的任何女子，乍見時怎麼會無動於衷？「可你是寒華，這麼想，就無法生出愛慕之心了。」

「是啊！」轉眼，寒華又變回了俊美的男子之身：「我希望你眼中心裡所看到的，不是男或女，而就是我寒華。我自修行求道開始，便以這副形貌現於世上，幾乎摒棄了女身。所以，我望你習慣我此時的模樣，望你不會拘泥於外形而愛上我！」

「愛？不，這不可能！」

「為什麼？」說不通的固執腦袋，讓寒華起了煩惱：「或是因為男女之別？如果你堅持，我可以是個女子。」

「不是。」不是因為其他。而是，這……簡直荒謬！天啊！是怎生的一團亂麻！

「這是不可能的！」

「為什麼？無瑕，能告訴我你的理由嗎？」

理由？說什麼理由，還這樣理直氣壯的。認識這五個月以來，一直是冰冷無情，交談不多的一個陌生人，突兀地說出什麼鍾情於自己的話來，這叫人怎麼能夠接受得了？

「我知道了。」寒華把他的困擾看到了眼中：「我可以等。」

「等什麼？」他又知道什麼了？

「等你鍾情於我。先別急著說不可能，我會等著，不論你現在願不願意，終有一日，你定會愛上我的。」寒華一邊說一邊微笑著，似乎天地萬物，沒有什麼能夠脫離他的掌控。

說不可能……絕不可能……

可連玉看著他自信滿滿的面孔，不知為什麼就是說不出口。

這個寒華……

怕是瘋了！

4

眼前是怎樣的境況？

被困在這與世隔絕的地方，偏偏得天天面對一個口口聲聲說愛上自己的男人……

「寒華！」他帶著煩惱開了口。

「怎麼了？」那邊被點到名的立刻毫不吝嗇，笑臉相迎。

「你能不能與我離得遠些？」

「我靠得不近！」

他還敢語帶哀怨？連玉簡直要氣得笑了。

「我是說，你從前不是很忙碌嗎，現在怎麼會有這麼多的空閒？」這幾天他總是跟前跟後，像是一點也不累，反而是被跟的自己幾乎心力交瘁了。

「和你相比，只是些瑣碎小事。」他說得輕描淡寫，只是不知旁人會怎麼看待這些「瑣碎小事」罷了。

唉，早就知道會是這種答案了。

連玉放下手中的工具，不知是第幾千次無奈嘆息：「寒華，我一直想問，為什麼會是我？以你的樣貌本領，天下間能有幾人可堪匹配，你為什麼單單看中了我？」

「為什麼不應看上你？」

「這……雖然不是貶低自己，可我有什麼特別？最多不至面目可憎而已。」芙蓉、趙坤，還有那個名叫掌燈的姑娘，哪一個不是人中龍鳳？為何寒華會獨獨垂青於自己？而且這垂青來得太過突然，著實讓他百思不解。

「不許你妄自菲薄。」寒華皺眉，不知道他是哪裡來的這種念頭：「在我眼裡看來，你最為特別，世間上，再沒有一人一物能與你比較！再說，色相皮囊對我來說並無太大區別，我所愛的，不是外表，而是你。」

「我？」他說得那麼認真，連玉的心不由微微一窒：「我還是不明白，你我相識至多不過數月，更無深交瞭解，你為什麼這麼肯定不是錯覺？」

「不是時間或是其他原因可以解釋的。」寒華展眉微笑。

雖說這幾天連玉已經漸漸習慣他時不時地對自己微笑，可那張動人的皮相還是讓他有了一刻的思緒停頓。

他絕對是認真的！

連玉終於認清了這個事實。

「唉……」他又長長嘆出一口氣來。

「為什麼你要嘆氣呢？」

「寒華。」他盯著那雙總顯得冷冷清清的黑眸：「我想我明白了你的意思，可是我必須說，對你，我沒有同樣的感受。以前是，將來可能也不會有。所以，恐怕無法回應……你的感情。」

「沒關係的，無瑕，我說過我會等的。」

他眼底那深濃的情感……

「如果等不到呢？」連玉向來平穩和樂的性情終於被打破，他也不願意這樣咄咄逼人，可眼下已顧不得這麼許多。「你先前與我約定只有一年是吧！如果時間到了以後，你又會不會食言不讓我離開了呢？」

「等不到？不，無瑕，你忘了嗎？我和你認識的凡人不同，我有很長久的時間，長久得遠遠超過你所能想像。」

「你總不能強迫我……」

「我不會的。你可以去你想去的任何地方，做任何你想做的事。只有一點，不要想遠離我，永遠也不要有這個念頭。好嗎？」

雖然語氣輕柔，但連玉分明聽見了那之中有多少的堅持。

「唉！」除了嘆息，他還能做些什麼呢？轉過頭，他繼續扶正那株梅花。

「無瑕，你很喜歡花草？」喜歡到讓他覺得自己受到了冷落。

「你不覺得此處過於冷寂，多些花木才有生氣嗎？」連玉有絲驕傲地望著自己努力良久的成果。

「生氣？」寒華不以為然地挑眉，隨即又若有所思：「你不喜歡這地方？」

「雖然有如仙境，卻少了幾分生機。」連玉點頭同意。

「好，我明白了。」

「什麼？」

「你等等。」

說完，寒華足尖一點飄上了那塊巨石，當然不忘拉著已呆掉的連玉。

而連玉只覺得耳邊風響，回過神來已站在石上。

「啊！」原來，真有這麼高啊！「你帶我上來做什麼？」

「你看。」寒華笑看著他微訝的表情。

白色長袖凌空劃過，眼前隨之出現了一片異象。

原本銀白的世界只隨著寒華長袖一揮，突然幻化成一片綠意盎然。從高處望下，眼前一瞬之前還是銀白深藍一片，可這一刻，連玉只覺得是在俯視著煙雨江南……

哪裡是雪山冰湖，分明變成了西湖堤岸嘛！

「這……」連玉掉頭望著寒華：「你……」

後者回給他一個溫柔微笑：「只要你喜歡，只需要對我講上一聲。任何的事，我都能為你做到。」

「你不是不喜歡這些花木嗎？」雖然他從沒有說過討厭，可那種樣子，明明是不屑一顧的。

「你喜歡的我就喜歡。」

連玉又一次無言以對，只得轉過頭，裝作看風景，可心裡已經亂成了一團。

喜歡……他又說喜歡之類，而且只是為了討好自己而變得毫無原則了。他這個樣子，該怎麼才能勸他放棄呢？

知道他是出自真心，所以傷人的話也說不出口，無論怎樣驚世駭俗，愛人之心都是無罪的。

「我不能給你同樣的承諾。」值得嗎？守著這樣一份無法得到回報的情感。

「你根本不需要煩惱。無瑕，這是我心甘情願的，我不是為了得到回報才鍾情於你。縱使你永遠無法愛上我，我也絕對不會勉強你。」

「可是，愛情不正是貪婪的嗎？想要得到同等的對待應該是最終的目的吧！」相守不正為了相知？如果只是單方面的，又怎能稱之為情？

「我自然希望你能愛我如我愛你一般，但我更不願你為此而煩惱，因為是你，所以我願意等待。」

「若是我一直不願，你又能堅持多久？」

「永遠亦無不可。」

「我真的不明白。」連玉放棄了，這種對話毫無助益，只能使自己更加迷惘。

寒華微笑，趁他神思恍惚，握住他的手。

執子之手，與子偕老。

腦中閃過這個念頭，連玉覺得全身冰涼。

都怪這瘋子，害自己也變得不正常了……

看他那種海枯石爛也不放棄的表情……前景堪慮……

從開始的如坐針氈，到現在的處之泰然，連玉不由感嘆原來自己是這麼沒有原則的一個人。不過短短十幾天，他已經開始對這個殷勤的寒華總是出人意表的言行舉止熟悉進而麻木了。

反正，不論多麼努力地拒絕，到最後都是由著寒華的意思在做，倒不如省省氣力，任由他安排一切好了。

既然暫時甩脫不掉這個麻煩，還是早點習慣比較好。

種花，撫琴，對奕，書畫，只要連玉在做，寒華也總不閒著。

這麼相處下來，連玉不由感嘆，沒想到寒華竟是這麼厲害的人物，他對任何事簡直無一不通，無一不精。

單就下棋，想自己自幼起就好此道，十歲之後少嘗敗績，可寒華一句「我讓你八子可好」，就預示了結局的慘況。連敗六局，連一次平局也說不上，讓他不服也不行。

寒華究竟是什麼人呢？

其實問他來歷不過是一句話的事，可意識裡偏偏排斥去知道，只覺得要是知道了，只有更添煩惱的分。

還是不知道的好！

就當他是個普通的怪人好了，最多，是個身懷異術的怪人！

「還要下嗎？」

「天色已晚，改天吧！」輸了就是輸了，再不服氣也不過自尋煩惱。

寒華幫忙整理著棋盤上的棋子。

連玉正抓起一把白子，卻一失手鬆開，落得滿地都是。

「無瑕！」寒華面色大變。

連玉顫抖著手拭去唇邊血漬，才要開口，又一陣血氣上湧，讓他皺起眉來。

「無瑕！」寒華抓起他的手腕，滿面驚惶。

「沒什麼大礙。」經過上一次的九死一生，這點血實在算不上什麼。

話是帶著笑說的，但一陣陣的寒冷讓連玉迅速失了血色。

「你不必……」接下來的話，卻是消失在一片無知覺的黑暗之中……

最後映在眼裡的，是寒華慘白的臉色。

原來，他是這麼關心著自己……

醒來時，第一眼看見的依然是寒華的臉。

冰冷，高傲，俊美無雙。

連玉費力地眨了下眼睛，下一剎那，那張臉在他眼中又放大了數倍，冰冷與高傲似乎是錯覺。因為那清冷的黑眸中，有著不容置疑的擔憂與焦慮。

「我沒事。」

連玉的微笑中帶著病容，蒼白迷離，讓寒華的心為之一緊。

「我是不是有什麼應該知道的？」他不傻，自然明白寒華隱瞞了什麼。

「先別說話，把這個吃了。」寒華從懷中取出一株植物來。

「這是什麼？」那株紅色的小草不及手掌大小，玲瓏可愛，發出淡淡紅光。

「絳草。」寒華輕描淡寫地說著，似乎手裡的只是從門外隨便找來的一根雜草。

「來，把它吃了。」

「這是從哪裡取來的？」連玉並沒有急著吃，而是拉著他的袖子問道。

他衣衫的下襬沾染著紅色的塵土，袖口裂開了手指長度的口子……

「崑崙山。」

連玉突然間想到了戲文裡常有的那些偷盜仙草的故事，忍不住想問：「這是仙草？是你為我去求取來的？」

「求取？」寒華挑眉冷笑：「若不是妄想阻攔我，我也不至於破例動手傷人，浪費了時間。」

直到他把劍架到了西王母的脖子上，那些神仙才肯告訴他進入絳草生長之地的具體方法。

不過這也不算什麼，最麻煩的卻是為了盡快得到絳草，不得不答應了那個一聽就知道會帶來無窮變數的條件。

想到這裡，他摸了摸衣袖裡那塊光滑的琉璃……

連玉也不再追問猶豫，伸手把那株小草取來服下，入口只覺得一片芳香。

「我可以起來了嗎？」不覺得有任何異樣，他想藉著起身逃避寒華露骨的關懷目光。

「不行！」寒華搖頭示意他別動，又不知從哪裡拿出一樣東西：「把這個也吃下去。」

「這個……」連玉驚訝地望著他手心裡光華流轉的雪白珠子。「這是什麼？」

「藥，吃了以後，可以緩和我留在你體內的氣息，你的症狀就不會反覆了。」

藥？可看來看去，更像一顆珍珠或是夜明珠之類的珠子。

「這個真的能夠服用？」

寒華點頭。

從纏繞其上的七彩光暈可以看出，這東西定然極其貴重。

但他又看到寒華堅定的神情，一定是非要自己吞下不可的。

連玉把那珠子取來手中，入手居然奇冷，而剛剛放到嘴裡，便像一塊冰雪直直地滑入肚腹。

所幸，一入胸口，那冰冷的感覺隨之消散不見。

「你有沒有什麼要告訴我的？」確定並沒有什麼異樣，他抬頭望向寒華。

「對不起，無瑕，那一天是我錯手傷你在先。」回想連玉吐血的樣子，寒華又刷白了臉：「我下手太重了，可我不是有心的。」

「我傷得重嗎？為什麼平時沒有異樣，突然之間卻又咯血？」

寒華揪緊眉心：「我重傷了你內裡，不過，幸好還來得及救治。」

「不會痊癒了嗎？」連玉看他的樣子，只當自己病入膏肓了。

「不是不是！」寒華連忙辯解：「雖然剛才有些危險，但現在已經沒有大礙了。你別擔心，此時已經完全康復了！」

「我沒有擔心。」他真的是半點也沒有擔心。「生老病死本是自然之道，人的壽命區別不過是時間長短，我亦不是畏懼死亡之人。」

「你想死？」寒華大駭。

「不是想，只是順其自然而已。」

「不許！」寒華臉色一正。

換成連玉愣在了那裡。

「我不允許，除非我已經先不在這個世上，否則，你不許有這種念頭！聽到了沒有，無瑕！你的死亡不可以由自己決定，任何人都不可以決定，知道了嗎？」

連玉被寒華的語氣嚇到了，這些天來，甚至相識以來，他沒見過寒華用這種惡劣的口氣說過話。

「我只是個凡人，總是會死的。」

「我不允許。」

「你……好不講理……」

「是，我原本就是不講理的。」如果說能夠對他動之以情，他就不叫寒華了。

「唉！」

「你不要嘆氣，我這麼說，是因為從今天起，你就已經不是凡人了。」

「什麼？」連玉一驚。

「那株絳草，是我在昆侖山得來的，它如今已經有了三千年的歲齡，你吃了它，就等於服食了三千年的日月精華。雖說不是能夠飛昇成仙，卻足以使你長生不老。」

「長生……不老……」連玉望著他堅定的神色，不知該如何接受這個消息：「你說，你讓我服用了仙草，所以，我現在已經不是血肉之軀了？」

「如果說血肉之軀，其實那時你被我所傷，應該已經回天乏術了。我用仙氣延你的性命，你早就不是一般的肉身凡胎。」

難怪總覺得這身子不太對勁，原來……

「不行，寒華！」他一把揪住寒華的闊袖，又氣又急：「你怎麼可以這麼對我？」

「怎麼了？」還高興他第一次主動接近自己，但他臉上的神情讓寒華亂了陣腳：「你有哪裡不舒服嗎？」

「我不要什麼長生不老，我只要當個凡人。你怎麼可以罔顧我的意願把我變成這個樣子？」

「當凡人有什麼好的？我不明白！」

「那你告訴我，當神仙有什麼好的？」

「當神仙有什麼好的？」寒華一愣：「這九萬年以來，從我潛心修道開始，自以白日飛昇為願。當初我不過是長白山上的一尾白狐，是以天地靈氣幻化而成的異獸，我得道成仙，實在是自然不過的選擇。到後來，我看塵世混沌濁亂，堅定了離世的心志，一切也都是功到自成。我從沒想過做神仙有什麼好，但想來總比在萬丈紅塵浮沉翻滾好得多了。」

「是啊！你我境遇不同。」連玉放開手中的袖子，力持鎮定：「但你的想法是你的，你做神仙並不代表人人心裡都想做神仙。」

「我明白了。」寒華點了點頭：「你不想當神仙。」

「那你可以把我變回凡人嗎？」

寒華又搖頭。

「為什麼？」

「我不願意！」寒華似乎有些生氣，站直身子，負手而立：「我知道你不願意做神仙，甚至是長生不老，但你有沒有想過，一旦你的身體不再有我的仙氣支撐或是這絳草神珠相輔，根本只有命歸黃泉一途。」

「死？」連玉微微一哂：「我不在乎。」

「我在乎！你可以這樣毫不在意說出不在乎生死的話來，可我不行！一想到你會死去，輪迴到我所不知的地方……你讓我怎麼個不在乎法？我是神仙，對，我可以長生不死，可我不曾在意過那些！

「我已經活了無數個百年，對於任何生靈來說，我已活得足夠長久！我對於生存早已沒有太多留戀或概念了，但我現在有了你，無瑕，我想和你一起活下去，不是這短短的百年，而是更長久的時間。你到底明不明白我的心意呢？」

「我以為你答應過我……」他說得太激烈，太露骨，也太過……撼動人心。

是的，因為知道那出自真心……

「對不起，無瑕。」寒華又蹲到了床邊，解釋得有些急切：「我沒有其他的意思！可是，我一聽見你這樣看輕自己的生命，我就著急了。」

「寒華，我雖然不明了自己經歷了什麼，但萬物皆是順應自然而生，我生而為人，註定了有生老病死。你這麼做，是逆天而行啊！」

「那又怎麼樣？」

「那又怎麼樣？寒華，我終究和你不同，死亡對我來說應當是必然的。天地萬物，各司所職，各有壽數，你既然是神仙，又怎麼會不懂？你這麼做，不是有違天理嗎？」

「我只是忠於自己，又有什麼不對？我順應心中所願，傾我所能，上天不遂我意，我就逆天而行。何謂神仙？如果是為你，不要這名銜又有什麼關係？」

連玉一時驚呆了，他不曾料到這人的執念竟是這樣深濃，對於平順溫和的他來說，這情感猛烈得像是滔天巨浪，幾乎讓他沒頂。

二人都不說話，只是相互看著，目光中有掙扎，有抗拒，有痛苦，更有沉重。

「三千微塵裡，吾寧愛與憎？」

寒華猛地向後一退，臉色泛成蒼白。

連玉也一愣，不相信自己居然說了這麼一句。

但他只是脫口而出，等到聽見才知自己講了什麼。

他知道這是《法華經》中的經義，指的是三千世界不過在微塵之中，那麼世人的愛憎又算得上什麼呢？

他知道這話說得重了，幾乎和辱罵寒華沒有區別，一說出口，他已經開始後悔。

但他不知道的是，他說出那番話的一刻，月華為景，他白衣輕臥，竟不似這人間凡子該有的形貌，倒像是……像是……

「你休息吧！我們明天再談。」寒華的臉上竟有一絲驚惶，飄浮著，如閃電般奪門而出。

望著關上的大門，連玉兀自自責。

門外，寒華跌坐在湖畔巨石之上，向來七情不動的臉上溢滿慌張。

他深吸了口氣，掐指一算。

「不行……還是不行……」

他抬手拭去滿額冷汗，不意外地發現手在顫抖。

「不會的，他只是受了我的仙氣……」他深深呼吸，站了起來，臉上不再有迷惘不安。

縱是上天不遂我意，我也絕不放手！

哪怕……是劫……

只有無瑕，我絕不放手！

「寒華。」他推開門，不意外地看見寒華站在石上。

寒華露出笑容，一個振袖，翩然而下。

神仙，原本就應該是這樣的吧！縹緲如風雲，翩然若驚鴻，這是超於凡俗的仙人才有的風采吧！

「你覺得好些了嗎？」寒華扶起他的手臂，讓他靠在自己的身上。

「這個你應該比我清楚吧！」連玉還是稍稍拉遠了距離，也刻意不去看他關心的神色。

「也對。」寒華失笑：「不過多休息總是好的。」

「不了，我想出來透透氣。」

「那我去拿椅子。」寒華轉身進了門裡。

連玉突然驚覺，他好像總是刻意地不在自己面前使用法術。

「坐吧！」轉眼，寒華已經拿來了屋裡的椅子。

「我有件事想問你。」連玉坐了下來，仰頭看著寒華。

「如果是關於昨天晚上……」寒華的臉上出現了為難。

「不是。」連玉搖頭：「是關於芙蓉。」

「芙蓉？」寒華一愣，顯然有些不能理解：「什麼芙蓉？」

「季芙蓉。你還記不記得，你我第一次見面時的情景？」

「喔！你指的是那個花仙。」

「花仙？」

「不錯。」寒華微笑：「說來也要謝謝她，不是她，我們也不會相識。」

「你說芙蓉也是神仙？」那日的確依稀聽見寒華喊她仙子。

「不是。她十世之前的確是天上百花仙子座下芙蓉花仙，可她犯了天條，早已被貶下俗世，如今也只是個凡人而已。」

「可你當時為什麼要對芙蓉痛下殺手？」想到他那時的樣子，連玉的心有點發冷。

「芙蓉，芙蓉，你們好像極其親暱啊！」寒華也想到了當時連玉以身子護著那花仙的模樣，心裡忍不住泛酸。

連玉冰雪聰明，哪裡不知道寒華語氣中的含意：「我心裡倒是極為喜歡芙蓉的，芙蓉她聰慧可人，我一直想要有這麼一個妹妹。」

寒華臉色立即放晴。

「其實她只是受貶十世，今生歷劫已滿，原可重列仙班，可惜，她在受貶之前居然私自篡改了自己從第十世開始的姻緣相繫。你要知道，仙人多無姻緣一項，她只有以九世塵緣來孕育這薄弱情思。在這一世，她終於得償所望，與那文曲星君有了一世姻緣。」

「文曲星君？」

「不錯，文曲原是東天二十八星宿之一，司掌天下文才，並且時常應運下凡，這一世就是那趙坤。」

「那又如何？」

「芙蓉仙子之所以受貶下凡，正是因為當年在天上與文曲有一段私情。我所要阻止的，是她許下的千世誓約。如果今世讓他們有這一段因緣，怕以後更會糾纏不清，兩人都會毀在這情劫之上了。」

「情劫？」

「情劫是世間最為艱難的試煉，如果沒有堅定心念，縱是神仙諸佛，也無法度過。」寒華笑中帶著苦澀。

「我之於你，就是情劫吧！」連玉心中有了了悟。只是不知道為了什麼，這個念頭讓他心裡有些不舒服。

「不，你我不同。」寒華搖頭：「我命裡不會有什麼情劫，所以，你我之間自然是緣。」

「是劫是緣，又該怎麼界定？」連玉把目光投向遠方：「你又怎麼會知道他們之間不是緣分天定？將情感區分作三六九等，不是太過冷酷了嗎？」

「我原本並沒有想過，也不明白為什麼他們明知道這是劫，卻依舊執迷不悟。直到遇見了你，我才明白情之所鍾，絕無怨尤的意思。」

「那麼，他們兩個人會怎麼樣呢？」

寒華搖搖頭：「我也不知道，世上總有機緣在三界之外，縱然是我，也有算不出的地方。自從那天你為她擋去一擊之後，大家的命數都改動了，現在我和你結緣，更是無法算出她的未來。」

「不知他們現在怎麼樣了？」連玉的臉上浮現擔憂。

寒華若有所思地望著他：「你很擔心？」

「我在這世上已無親故，在我心裡，芙蓉就如同至親一般，自然免不了擔憂。」

「你想下山去嗎？」

連玉聞言抬頭看他：「不，我既然已經答應你留在這裡一年，就絕對不會食言。」

寒華則微笑：「其實這一年之約，也沒有什麼不可以改變的。之前我要求你留在這裡，是因為我沒想過花費時間看顧著你，現在不同，你如果想要下山，我陪著你就是了。你想回去開封，我們就去開封。」

「真的可以嗎？」

「我怎麼會騙你?」

「謝謝你。」連玉心裡高興,不由朝著寒華微笑。

「不需要道謝,只要你常常這樣對我微笑,我就心滿意足了。」

連玉有點尷尬,只好轉過頭去。

眼前,白雪綠意,有若冬盡春來……

5

開封　季府

自從年前那場變故以後，原本在開封城內頗為顯赫的季家變得門庭冷落。

其實沒有人知道季家大小姐出閣那天究竟發生了什麼事，只是從當時在場的人口中拼湊出個大概，說是有天雷落下阻止了婚事。

街頭巷尾拿著這點傳言大作文章，還好季老爺動用關係把流言蜚語強壓了下去，只是從那日起季府閉門謝客，直到如今變成門可羅雀，同趙家的婚事也就此作了罷。

仙魔劫　連玉

這一天，府外來了一輛馬車。

遠處近處不少人駐足觀望，一是因為季府的事太令人好奇，還有就是因為這輛馬車實在很奇怪。

這輛馬車精緻華麗、氣派不凡不說，更奇怪的是居然沒有車夫馭者，那神駿的馬兒就像是認識路般，直走到季府門前停了下來。

而且在這種仲夏的天氣，車門上偏偏垂著厚厚的門簾，馬車停下了好一會也不見裡面有什麼動靜。

又過了一會。

門簾掀動，終於有人走出了馬車。

那人走上臺階，叩動門環。

大門應聲而開。

「請問公子找哪位啊？」開門的老僕問著。

「徐伯，是我。」他露出笑容。

「啊！原來是連先生！」老僕大大地吃了一驚。「你不是回家鄉去了嗎？」

「回家鄉？喔！是啊！我這次是回來看看老爺和小姐的，他們還好吧！」連玉有點心急。

「身體倒是還好，可惜自從發生那件事以後，大家的心情實在不好。」老僕一拍腦袋：「我真是老糊塗了！先生快進來，我這就去通報。」

連玉微笑著，隨他進了朱漆大門。

「老爺老爺！」老僕一路小跑衝了進去：「連先生回來了！」

正在大廳用茶的季非嚇得噴了一地的茶水。

「什麼先生？哪個先生？」他站起來，正好看見門外走來的白衣青年。

溫文爾雅、斯文清秀，不正是連玉。

「連先生？」他趕緊揉揉眼睛，怕自己老眼昏花。

「老爺。」連玉行到跟前，作揖為禮。

「真的是先生！」季非喜形於色：「實在是太好了，你可平安回來了。」

「這是怎麼了？」看到他快要老淚縱橫，嚇了連玉一跳：「出什麼事了嗎？」

季非撤下僕人，這才道出原因。

原來那天出事以後，季芙蓉十分自責，以死相逼硬是退了趙府的婚事，季非又問不出原因，也只能勉強答應了。

可那以後，季芙蓉像是變了個人，少言寡語，悶悶不樂，害得全府上下也變得死氣沉沉。

「你回來就好，那丫頭一向只聽你的話，你幫我好好勸勸她吧！」

「小姐就是直性子的人。」得知她安然無恙，連玉也心裡一陣輕鬆：「她現在可是在後院？」

「是啊是啊！你不在，她倒分外用功，這個時候正是在練琴。」

「我去看望小姐，不知行不行？」

「行行！快去看看她。」季非十分高興：「她一定會嚇一跳了！」

告退後，連玉沿著迴廊往後院走去。

還沒走近，已聽得見琴音婦婦。

倒是進步不少！

繁茂綠意裡，有著熟悉的粉色背影。

他輕手輕腳走近了，站在一旁聆聽。

「看來我不在，妳倒是沒有偷懶。」

季芙蓉身形一僵，回過頭來。

「啊——」尖叫沖天而起：「有鬼啊！」

「小姐！」連玉捂住耳朵，生生嚇退了一步。

還以為她終於變得斯文了，叫起來居然還是這麼難聽！

「閉嘴！妳咒我死啊！」忍不住，他也提高了音量。

「無瑕！」她眨著眼睛，淚水掉了下來：「你回來看我了？」

「是啊！」

「你過得可好？」

「還不錯吧！」連玉慢慢皺起了眉，覺得有哪裡不對。

「我燒的紙錢，你可有收到？」她哭得可是真傷心。

「什麼？」連玉一愣，終於意識到哪裡不對了。

「你沒有收到？」

「小姐。」連玉開始反省自己的教育方式是不是哪裡不對，他覺得有點疲倦了：

「我還沒死呢！哪收得到什麼紙錢？」

季芙蓉愣住了：「沒死？」

「青天白日的，別胡說八道。」死亡現在於他來說，也是不容易做到的事情了……

季芙蓉上上下下打量著，甚至用手輕輕碰了碰他。

「你是無瑕？你沒事？」

「是啊！芙蓉。」

「無瑕！」

「是先生！」被她狠狠一撞，連玉無奈地往後退去。

「無瑕！」她大哭出來。

「叫先生！」連玉只得摟著她，任由她弄濕前襟。

「無瑕無瑕！」

「唉，算了。」他搖著頭苦笑。

「我好想你，我都快被你嚇死了！」她抱得更緊了。

「我知道！我知道！」她也太用力了吧！

「無瑕！」她好高興。

「夠了吧！放……」痛死了！

「放開他！」一道冷冽的聲音響起。

仲夏時分，庭院中突然寒氣逼人，樹木花草竟剎時結霜。

連玉急忙把季芙蓉護入懷中。

「怎麼了怎麼了？」季芙蓉嚇得花容失色，緊緊挨著連玉。

「還不放手？」那聲音越發冷冽起來。

「放了放了！」連玉只得把手從季芙蓉身上挪開，稍稍後退。

「無瑕！」季芙蓉尖叫著貼了上來。

「你就別嚇她了。」連玉把季芙蓉拉到背後。

「你在和誰講話啊？」季芙蓉在他背後問，一邊左右張望著。

「芙蓉，妳不要害怕，我來介紹一個朋友。」他把頭轉過去，嘆了口氣：「我不是讓你在車上等著我嗎？」

不過幾步之遙，那株銀杏樹後，突然走出了一個白衣人影。

那人身形修長，一襲白紗衣裳，面如冠玉，五官冷峻，生就一副神仙似的模樣，卻冷淡得令人不敢再看第二眼。

「啊！」季芙蓉立即聯想到了那慘痛的回憶：「是他！」

「這位公子叫寒華，是我的……好友。」

寒華皺眉，為了他言辭中的遲疑。

季芙蓉震驚，為了他語氣中的親暱。

「他不就是，那天……」

連玉連忙點頭，省得她又說出什麼惹寒華生氣的話來。

「那天只是一場誤會，他不會對妳怎樣了，妳不要害怕。」他原想拍拍芙蓉的肩膀，卻在觸及寒華目光時硬生生停住。

「可是……」

寒華走近過來。

寒氣大盛，季芙蓉覺得自己的舌頭突然僵掉了。

先冷冷瞪她一眼，看著連玉時，臉色奇蹟似地放晴：「無瑕，既然已經看過了，你也可以安心了吧！」

她看著這兩極化的待遇，下巴都掉了下來。

連玉點點頭，臉上卻依舊猶豫：「雖說是這樣，可我總有些放心不下他們倆的事，不知道……」

「你想留下？」寒華雙眉一挑，看向季芙蓉：「你就這麼關心她？」

像盯著青蛙的蛇！

想到這個，季芙蓉突然冷汗淋淋。

「芙蓉的事，我始終放心不下。」

寒華皺眉。

「無瑕，你們……在講什麼啊？」

「誰准你叫他無瑕？」寒華冷冷一哼。

季芙蓉倒抽一口冷氣。

「寒華！」連玉的眉也皺了起來。

「無瑕也是她能叫的？」

好可怕！

「你不要嚇她了，她還是個孩子。」連玉覺得有點頭痛。

「你要留下來？」

「可以嗎？」

寒華沉默不語。

「無，不，先生。」季芙蓉及時改口：「你這就要走嗎？」

「寒華。」連玉幽幽地望著他。

「你高興就好。」寒華縱使不願，還是無法違背他的心意。「不過，時間不能太久。」

「謝謝你，寒華。」連玉微微一笑。

季芙蓉來來回回地看著相對無言的這兩個人，心裡泛起了一種奇怪的感覺。

先生和這個人之間，氣氛實在很詭異啊！

好友？是嗎？不太像啊！

「先生！先生！」

驀地一道寒光射來，讓她立刻收斂了音量。

「怎麼了？芙蓉。」連玉停下了手中的畫筆，望著匆匆跑過來的窈窕女子。

又在一起？這個叫做寒華、據說有著異能的男人，似乎無時無刻不跟在先生的身邊。每每當她想與先生親近一點的時候，他的眼神裡就會充斥不滿，好像先生是他的私有之物，覬覦者統統罪不可恕一般。

而且啊！雖說這麼講來有些奇怪，可他和先生之間，不像是單純好友的關係，他看先生的眼神……而且先生的態度，似乎也透著古怪……

「芙蓉？」怎麼跑了過來，反而不說話了？

「喔！先生，我是來問問你，今晚有花燈節會，你能不能陪我一起去啊？」雖說只是問問，可季芙蓉的目光裡已經露出了哀求的意味。

「花燈節會？」連玉下意識地轉頭去看寒華。

又看他？先生幹嘛這麼看重他的意見？

「先生，你年前不是很想去的嗎？難得你在，如果今朝不去，也不知要到什麼時候才能和你一起去了呢！」不過這些天下來，她總結出了一點，如果是先生的心願，那個人是一定會答應的。

「可是……」寒華不喜歡人多雜亂的地方，連玉便猶猶豫豫：「我看還是……」

「去吧！」寒華出聲打斷了他：「出去走走也好，一直待在院子裡恐怕會悶壞了你。」

「好啊好啊！」季芙蓉跳了起來，心裡大喊著世間一物降一物！

寒華一眼瞥過來，又讓她打了個冷顫。

這人真的好可怕！不知道為什麼，一看到他就心虛發冷，難道上輩子欠了他的？

寒華忍不住有些後悔。

他怎麼也想不到，一個小小的開封城，竟然會有這麼多的人。

這哪裡是什麼花燈會，和萬人遊街有什麼不同？

「怎麼？你不舒服嗎？」看見寒華一直眉頭緊鎖，臉色也不是很好，連玉開口問道：「是不是因為人太多了？」

「還好。」就算是，他也不會承認。「倒是你，別和我走散了。」

「那倒沒什麼，你總會找到我的。」

這邊是言者無心，那廂的聽者倒是一陣欣喜。

「先生！先生！」季芙蓉扯他的衣袖：「我們去放荷燈吧！」

沒等他點頭，一陣人潮湧動，連玉不由自主地被擠了出去，三兩下就消失在人群之中了。

「無瑕！」

寒華沒來得及抓住，心裡一陣懊惱。

回首遠遠望見寒華無措的模樣，連玉原本有些慌張的心倒是定了下來。

沒關係！他總會找到自己的。

點了一盞荷燈，放入緩慢漂流的河水，如果燈不覆滅，則心願可成。

心願？有什麼心願呢？

坐在滿布青苔的石階之上，連玉一時有些迷茫。

先生變了！

一旁的季芙蓉把頭枕到弓起的膝上，默默地看著連玉。

初見時倒不覺得，也許是近來很少有機會獨處，這一刻，這感覺分外鮮明了起來。

先生不是什麼特別出眾的美男子，除了氣質優雅以外，並不是讓人眼前一亮的類型，和那個叫做「寒華」的男人也是不好相比。

不過話說回來，那個怪裡怪氣的寒華除去脾氣不講，要在這世上找出相貌上能相提並論的對象倒還真不大容易。有時候，連她這個極有自信的大美人對上他好看的臉蛋都會生出自卑來了。

可惜他總是一副人人都怕的閻王臉，哪怕在這種擠死人的時候走在大街上，他方圓一丈之內的行人居然都會自動繞道而行。

先生就不同了，雖然說性格沉靜，但一向笑臉待人，給人的感覺就像是濃淡適宜的好茶，越相處越覺得重要。或許他自己也不覺得，可是有不少的姑娘傾心於他呢！

到了如今，先生的性格脾氣一如往常，可看上去就是很不一樣了。

以前先生也是膚色白皙，五官清秀，可是有白皙得這樣膚色晶瑩，甚至在暗處看也有如上好玉石一樣散發溫潤光澤的嗎？還有，先生的髮色是這麼漆黑烏亮的嗎？眸瞳的顏色是這樣深邃的黝黑嗎？

而且，一舉手一投足之中，飄逸瀟灑，不知吸引了多少姑娘偷偷注視的目光。連早已看他看得熟透的自己，竟也止不住怦然心動了一下……

先生……竟是這樣俊逸非凡的人物嗎？

「哎呀！」連玉忽然叫出聲來。

對岸同時一聲輕喊，打破了她的若有所思。

「怎麼了?先生。」

原來是一盞荷燈行至他們跟前時被水波一蕩，眼看就要沉了。

連玉沒有多想，伸手一扶，穩穩地扶正了那盞荷燈。

糟了！

季芙蓉急忙抬頭看向對岸，小河清淺，月色明亮，自然清楚地看到了剛才出聲的少女。

眉目如畫，長得倒是極為標緻，衣衫精美，顯然是出身富貴人家。

「先生，你是傻的啊!幹嘛去碰人家的荷燈？」這鵲橋相約的意思他不會不懂吧！

「我沒有想到。」連玉也抬眼望到了少女：「只是見要沉了，扶了一扶。」

「人家可不是這麼想的。」看，那邊笑得那樣羞澀，擺明了心懷不軌嘛！

「這……」連玉看著那邊的如花笑靨，一時不知如何是好。

「你還對她笑？」季芙蓉拔尖了聲音，不知該拿這個少根筋的傻瓜怎麼辦才好。

「可是……」人家這樣友善，總不能怒目相對吧！

對面顯然也聽見了季大小姐的嬌嗔怒語，不由斂了笑容。

事到如今，別無他法了。

「芙蓉，妳幹什麼？」連玉吃驚地看著突然「撲」過來的季大小姐，大驚失色。

「你啊！就是好管閒事。」季芙蓉笑得燦爛，伸手挽住連玉的手臂，聲音刻意放大：「夜色已深，我也放完荷燈了，不如早些回家去吧！」

「也好！」連玉立時明白了她的用意。

目光一瞟，對岸的那位看來已經信了這齣，一時幽怨無限，看是要哭出來了。

「芙蓉，這樣不太好吧！」連玉低下頭，在她耳邊低語。

「什麼啊！要是被纏上了，你才會很可憐呢！」季芙蓉白了他一眼：「我已經夠婉轉了，如果是那個『天下無敵』的寒華公子在這裡……」

此言一出，兩下皆驚。

連玉想到的是要是被寒華知道了，不知會鬧出什麼風波來。

而季芙蓉則是驚訝自己怎麼會脫口說出那個人來，甚至想都沒想就篤定他不會善罷甘休，不過是一場誤會……

「既然這樣，我們快些回去吧！」連玉笑得有些僵硬。

「對啊！被他知道不太好呢！」季芙蓉也覺得自己笑聲空洞。

「被誰知道不太好？」有人問。

「不就是那個……」不對！這聲音是……

季芙蓉猛地回頭，一張冷冽如冰的面孔近在咫尺。

「啊！」這一驚非同小可，她只覺得有一團寒氣撲面而來，不自覺就往後退去。

「小心！」連玉雖然也嚇了一跳，但寒華平時就悄無聲息，多少有些習慣了。所以才能在季芙蓉一腳踏空時立刻反應過來，伸手拉住她。

季芙蓉雖然纖瘦，但後退的力道不小，加上青苔滑膩，連玉硬是被拖著往下挫了兩層臺階才重新站穩。

「沒事吧！」他上下打量著神情呆滯的季芙蓉：「怎麼這麼不小心？」

季芙蓉驚魂未定地搖了搖頭。

「你們剛才在說什麼？」寒華收回沒及時抓住連玉的手，有些不高興地問：「為何神態親暱，還靠得這麼近？」

兩人心虛地回頭看向對岸，看清那顆破碎芳心已不知所蹤，這才安下了心來。

寒華皺著眉頭看去：「對岸有什麼嗎？」

兩人立刻搖頭。

寒華神情更冷，只是盯著兩人相互扶持的樣子。

「我是怕臺階滑膩，才會扶著她的。」這也是實情，自己幹嘛心虛？

「不用不用！我站穩了。」季芙蓉急忙抽回自己的手，橫移兩步。

她動作太急太快，連玉措手不及，一個踉蹌，差點再次滑倒。

「無瑕！」寒華這次總算及時，一把抓住了連玉的肩膀。

「嘶——」連玉倒抽了一口涼氣。

「怎麼了？」寒華面色一白，立刻發現連玉受了傷：「你的腳怎麼了？」

「沒什麼！只是剛剛好像扭到了腳踝。」他知道寒華多麼會小題大作，急忙解釋：「是不小心，和芙蓉沒什麼關係，你別生她的氣。」

寒華現在哪裡還顧得上生氣，他心焦地就要跪到連玉的腳邊去看他的傷勢。

「不行！」連玉急忙拉住他：「我沒什麼事，這點小傷等回去以後處理也沒關係。」

「這怎麼……」後面的話卻在連玉懇求的目光中收了回去。「好，我們回去。」

作勢要揮袖，袖角卻又被連玉拉住。

「不行！」他們三人拉拉扯扯原本就惹了不少人注目，何況這裡並不偏僻，如果寒華施用法術，不驚世駭俗才怪。

「這也不行那又不行！你究竟讓我怎麼辦才好？」

「你扶著我慢慢走回去就行了，其實也沒有那麼……」連玉逞強似地往前走，卻一個吃痛倒進了寒華的懷裡。

「哼！」寒華冷哼一聲。

一個天旋地轉，再回神時居然已經被寒華攔腰抱起。

「你……」連玉一時大窘，白玉似的臉上一片潮紅。

「別說了。」寒華輕輕鬆鬆地抱起他往河岸上走去。

「你和我兩個大男人……」連玉試著說服他。

「你是想讓我幻化女身？」

「不，萬萬不可！」那樣豈不是更加不堪入目？

「那就別多話了。」寒華的意思是他已經決定了。

「那我們等等芙蓉。」他扯著寒華的衣袖。

寒華不情不願地停下腳步。

「芙蓉，還不跟上來。」連玉招著手，有點擔心季大小姐是不是嚇傻了。

「噢！」她立即跟了上去。

寒華抱著連玉在前面走著，他面前的人流果然從中斷開，季芙蓉噤若寒蟬地跟在後面。

「季小姐。」破天荒地，寒華開口叫她。

「是！」季芙蓉小心翼翼，如同受審的犯人。

「你們剛才玩得還開心嗎？」語氣倒是聽不出帶有怒意。

連玉放下心來。

「玩？哦，你說放燈啊！還不錯，還不錯！」季芙蓉訕訕地擠出笑臉。

「開心就好。」語氣更加溫和。

連玉在心中裡暗暗點頭。

季芙蓉狐疑地抬頭，卻在觸及那雙發出寒光的雙眸時呼吸一滯。

「不過，以後去水邊的時候要小心一點。」他用聽來溫和的語氣講話，但臉上的表情可遠不是那麼回事。

如果目光可以殺人，她早就死過一千一萬次了。

好可怕！

身後傳來一陣陣驚呼，連玉這才抬起頭來，問：「怎麼了？」

「沒什麼，與我們無關。」一轉眼，寒華已換上一張笑臉，速度之快讓季芙蓉目瞪口呆。

回頭一看，她的眼珠子都要掉出來了。

「怎麼了？芙蓉。」連玉又問，他被寒華抱著，看不清身後。

寒華看了她一眼。

「沒什麼，沒什麼！不關我們的事！」這回她學聰明了，跑到寒華身邊，正好完全阻擋了連玉的視線。

好在連玉也不再追問。

忍不住，她又偷偷向後看了一眼。

原本滿河的花燈，竟在同一時刻沉入了水中，點點燈火化為漆黑一片，嚇得眾人驚叫連連，大呼古怪。

古怪？有什麼古怪的？

寒華話音剛落，荷燈一時盡數覆滅，她又不是傻瓜，會以為這是巧合。

這人的妒心之濃烈……實在是……令人發寒……

到現在她還不明白，就枉稱為季芙蓉了。

他對先生的心意……這該如何是好啊……

季芙蓉的心，就如同失了燈火的河流，一時看也看不清方向了。

6

由於堅持不讓寒華施術，連玉的腳傷足足用了十天才完全恢復。

寒華氣極，卻又拿他沒有辦法。

這一天，兩人坐著下棋，連玉突然問：「你覺不覺得芙蓉最近有點奇怪？」

「有嗎？」寒華不置可否。

「她一向愛跟著我，可最近連人影也不大見得著了。」

寒華淡淡地點點頭，心裡相當滿意她的識相。

「不知是不是有什麼心事？」連玉有點擔心。

「你總不能操心她一世吧！」看來，也是時候離開了。

「也是，只是她和那個趙坤……」

「先生！先生！」話沒說完，就被叫嚷聲打斷了。

「毛毛躁躁的，哪裡有半點大家閨秀的樣子！」連玉看著那急匆匆的身影，連聲嘆氣。

還說什麼仙子？分明就是個野丫頭！

寒華冷眼看著，心裡覺得是不是該修正當天的失手，讓她重新輪迴轉世去比較好。

「先生。」看到寒華，她的神情更加緊張了。

「有什麼事嗎？」季芙蓉難得這樣面帶焦慮，連玉知道一定是出事了。

「是……」她看了看寒華，更為憂慮了：「我有些事想跟你說。」

「什麼事？」

「我想單獨跟你說。」開玩笑，如果被這個人知道，只怕不會天翻地覆。

「單獨？」連玉一愣。

「其實是我爹有事找你，他在前廳，我們過去一趟好嗎？」

連玉雖然不明白，卻仍舊點了點頭。

「寒公子就不必跟來了吧！」看到寒華也站了起來，她冒了一身冷汗：「不過片刻的工夫，我們馬上就回來。」

小事？信她才有鬼。

「要是和無瑕有關，就不是小事。」

「可是……」

「芙蓉，究竟是什麼事？事無不可對人言，妳又何必吞吞吐吐？」

啊——先生簡直就是個笨蛋！還這樣義正詞嚴的，好！你既然這樣坦蕩，可別怪學生我幫不了你了。

「是有人登門提親。」

「提親？」連玉看了看寒華，後者搖頭，表示不知道。「是趙家？」

「你怎麼知道？」換季芙蓉吃驚。

「既然已經被拒婚了，又怎麼會再來提親？」難道說真是有緣？

「拒婚？」季芙蓉恍然大悟：「你誤會了，雖是趙家，這回提親的對象可不是我。」

「不是妳？那又是誰？」連玉有不好的預感。

「是先生你啊！」

「什麼？」

來了來了，就知道寒華的反應會比較大。

季芙蓉低下頭，心裡隱約覺得其實說穿了也不錯，這樣才比較有趣嘛！

「芙蓉，妳在說什麼？說清楚一點啊！」不說清楚這麻煩可大了。

「趙家二小姐素仰連公子文采風流，人品出眾，今天要媒婆持了庚帖，想與你結秦晉之好。」她一口氣說了出來。

說完她瞟了一眼，寒華的臉色真不是一般地難看。

「趙二小姐？我和她素未謀面……」連玉則是一片雲裡霧裡。

「噯！這我可得糾正你，先生，見一定是見過了。」

「見過了？」

看寒華做什麼？是你見過，又不是他，你現在看他不正是火上澆油嗎？

「對。」她心裡嘆了口氣，覺得先生真是變了，變得好笨。「就是那個鵲橋相約，你不記得了？」

「咦？是她？她是趙坤的妹妹？」連玉點頭，表示想到了。

「你們認識？」寒華終於發問了。

「說不上認識，只是那天花燈節會上，我扶了她的荷燈，遠遠地看了一眼。」

哎呀！幹嘛老實到講得這麼清楚啊！萬一寒華一個遷怒，第一個倒楣的會是她啦！

「喔！原來就是那個對岸的意思啊！」

慘了慘了！他瞄過來了，好恐怖喲！

「可是，怎麼會這樣呢？只是遠遠地看了一眼，就要託付終生，不是過於草率了嗎？」

「先生此言差矣，女兒家的心事，這一眼就足夠了。那種場合那種景象，像是姻緣天定，一眼我還嫌多呢！」

「芙蓉，妳胡說什麼？」緣分天定，這種話怎麼能在寒華面前說出來呢！

季芙蓉終於反應過來自己說了什麼，恨不得打自己一嘴巴子。

「當然是胡說的。」她咽了咽口水：「我是講她一廂情願，死皮賴臉，也不照照鏡子。憑她那無鹽之貌，也敢肖想我家先生？」

說實話，那趙二小姐長得其實也不錯啦！不過，這種時候，誠實是絕不可取的！

連玉知道她在胡言亂語，不過此時此地氣氛太過緊張，有她插科打諢多少還是好些。

「寒華。」他望向面容陰冷的俊美男子：「我還是去趟大廳好了。」

說完也不敢逗留，轉身要走。

「你怎麼想？」可眼一花，寒華又在眼前。「你喜歡她嗎？」

「我……」這從何說起啊？

「當然不是嘍！」這個時刻，季芙蓉居然挺身而出。

「你覺得是天定的緣分嗎？」寒華的臉色發青，像是傷心，也像憤怒。

「哎呀！」季芙蓉突然吃了熊心豹子膽，又搶著答話：「你這人怎麼這麼愛生氣啊！都說了不是了！」

「妳閉嘴！」寒華雙眼一瞪，舉袖欲揮。

「寒華！」連玉的聲音響起，讓他的動作緩了一緩。

「你殺啊！」季芙蓉也不知吃錯了什麼藥，居然自動地跑到寒華面前挑釁。

「芙蓉！妳幹什麼？」連玉吃驚地想拉開她，生怕寒華一怒之下把她殺了。

「先生，我這是在教這個傻瓜！」

「芙蓉，妳喝醉了？」否則怎會有這種膽量，她不是一向很怕寒華的嗎？

「沒有，大白天的，我喝什麼酒啊！」她翻了個白眼：「先生，我問你，你可要老實地回答我。」

「問什麼？」

「我問你，你記不記得那個趙小姐長什麼樣子？」

「那天只是遠遠地看了一眼。」

「就是不記得嘍？」

連玉點點頭。

「那，那天晚上，我穿的是什麼顏色的衣服？」

「衣服？」連玉想了一下：「綠色的？」

「綠個頭，是紫色的，差很多啦！」

「那又怎麼樣？」不知她葫蘆裡賣的什麼藥，連玉疑惑著。

「你又記不記得，寒華公子那天的髮帶是什麼顏色？」

「髮帶，像是白色滾銀邊的，對嗎？」他看向寒華。

「好了，好了，我爹等得急了。」她突然換了張臉。

「什麼？怎麼了？妳不是在問我……」

「我問完了，你快去大廳吧！」

連玉望望她，又看看忽然若有所思的寒華。

「快去吧！快去吧！」季芙蓉推他一下：「你先過去嘛！」

連玉搖搖頭，看他們的樣子不再劍拔弩張，就轉身往大廳去了。

「妳想證明什麼？」寒華盯著連玉遠去的背影，忍住跟上去的欲望，現在他有些重要的事需要弄明白。

「證明你的擔心毫無必要。」她這一刻，覺得眼前這個讓人寒到骨子裡的男人其實很可憐：「你聽到了，他不記得那美麗的趙二小姐長什麼模樣，不記得我那天顏色鮮明的衣服，可他記得你頭上一條不起眼的髮帶。」

「那又能說明什麼？」

她白了寒華一眼：「你也不用裝了，我又不是瞎子。就算我瞎了，也聞得到你身上的酸味。」

「我從來就沒有想過要隱藏。」

「當然，我確信是那樣的。」他的表現的確露骨：「可是，你只是一味地追逐著他，用你自己的方式困住他，一點也沒有考慮到他的想法。」

「我沒有強迫他。」

「我明白。」這一點，她絕不懷疑：「但先生的性情和你完全不同。先生本性溫和，但是骨子裡比誰都要固執。而且，他從小接受的是嚴格的儒家正統薰陶，要他愛上一個男人，這簡直是……應該是，不大可能的……」

「這我知道。」他說得有些苦澀。

「不，你不知道。先生他啊！是個性格有些孤獨的人，他很少真正用心於其他的人、其他的事。所以，他不會記得趙二小姐和我衣服的顏色，可他居然會記得你的髮帶。這代表，你在他心目中，並不是你自己認為的那樣無足輕重。」

「妳是說……」寒華的心一緊。

「不，他不一定喜歡你。但至少，你在他的心裡是特別的，你的存在對他來說，和我們任何一個都不同。」

「是嗎？」如果真是那樣，也已經足夠了。

「那麼，你要答應我，不要太過苛求他了。你這樣一味緊追，只會讓他覺得辛苦。」

「妳以為我不明白嗎？」寒華的眉宇間有著罕見的落寞：「可是，我做不到，一看見他，我就控制不住自己的行為。我怎麼會不知道這希望有多麼渺茫，但我不能放棄，在我存在於世上的一天，我就不能放棄無瑕！」

季芙蓉愣愣地望著他，心裡明白，再說什麼都已經是多餘的了。

可是，這算是情愛嗎？和她所知道的那種男女間的相思惆悵相比，倒更像是著了魔……

這愛……好生蹊蹺……

此刻的大廳，連玉陷入了困境。

他沒料想到和媒人同時上門的，居然還有那位殿前大學士趙坤。

「無瑕賢弟，別來無恙！」

「慎言兄自別後風采依舊，實是令愚蒙自慚。」連玉拱手為禮。

「哪裡，倒是賢弟，幾個月不見，就像脫胎換骨了一樣，還真叫人不敢相信。」

趙坤驚奇地打量著他。

「慎言兄過獎了。」脫胎換骨未必，差點魂飛魄散倒是真的。

「愚兄今天登門拜訪，賢弟可知是什麼原因？」

連玉搖搖頭，心裡泛苦。

「實不相瞞，愚兄有一胞妹，名叫月華，年方十六，長得不說是傾城傾國，倒也算花容月貌。不是愚兄自誇，在這開封城裡舍妹也是數一數二的佳人。」看連玉不回答，他又說了下去：「上月花燈節會，舍妹與家僕出遊，回來後心情鬱悶，一問之下，才知道她在節會上對一名男子一見傾心，卻不知是哪家的公子，所以鬱鬱寡歡。

「不怕賢弟見笑，愚兄這世上只剩這胞妹血親，平日裡寵溺慣了，哪見得她受這相思折磨，於是四處尋訪，結果倒是出乎意料。未承想那個讓舍妹朝思暮念的人，竟是賢弟。

「愚兄原本打定主意，那人是輕薄紈絝倒也算了，如果是誠實可信之輩，舍妹也到了適嫁之齡，她若自己中意，那是再好不過。得知是賢弟之後，愚兄是大慰心懷，別人不敢說，賢弟的人品才學愚兄是了然於心的，能將舍妹終身託付於你，愚兄絕對放心。」

他這愚兄賢弟說得洋洋灑灑，只聽得季非頭昏眼花，啼笑皆非。

明明是他來提親，卻說得像連玉登門求凰，口才真不是一般滑溜。

「慎言兄太過謬讚了，我怎麼擔當得起？」連玉一臉苦笑：「承蒙小姐錯愛，只是我實在不敢高攀。」

趙坤斂了笑容，聽出了他的言外之意：「你是以為舍妹配不上你？」

「慎言兄千萬別誤會，小姐是大家閨秀，窈窕淑女，天下男子求之不得。可我只是一介布衣，家無恆產，而且是有罪之身，三代之內不得舉仕，又怎能匹配小姐？」

「噯！這個我早就知道了。你無財無勢都無所謂，如果你有心仕途，我只需向聖上舉薦，憑你的才學名望，聖上一定會下旨赦免，高官厚祿不成問題。如果你無心政事，舍妹也不是嬌生慣養的狹隘女子，布衣清茶，也未嘗不是神仙眷侶。」

他的論調，倒是令連玉一愣。但連玉是何等人，若論辯才無礙，他也絕非庸手。

「慎言兄胸襟廣闊，實非常人能及。但不知慎言兄可否考慮過，我與令妹不過是對望了一眼，而與慎言兄之折節下交也並非過往甚密，貴兄妹對我的錯愛實在令我受寵若驚。婚姻乃是人生大事，慎言兄雖滿懷信任，我卻怕有負所託。」

言辭婉轉，但拒絕之意，卻是人人聽得出來了。

任趙坤涵養如何，這時都笑不下去了。

「連公子這樣推搪，莫非坊間流言並非空穴來風？」

「流言？」連玉問道：「不知是哪種說法？」

「傳言說，連公子久任季府千金西席一職，日久之下，難免生情，不知此言是否屬實？」

季非在一旁聽見了，大感驚訝，心想自己怎麼會不知道這件事？

連玉也有些不快了：「慎言兄乃有識見之士，不會不明白街談巷議多是生事謠言，豈可輕信？我自然沒什麼大礙，但季小姐依然待字閨中，是冰清玉潔的大家閨秀，這樣汙蔑她的名節，豈不枉費了你滿腹的聖賢之書？」

「連無瑕，你好一張利嘴。枉我以為你人品高潔，想託付胞妹終生，甚至不惜自毀顏面，踏進這毀約退婚的季家。」

他一眼掃過，季非頗覺臉上無光。

「你說我汙了季家小姐的名節？哼！年前她悔婚不嫁，開封城裡誰人不知？她的名節早就所剩無幾了。我胞妹卻是不同，她聲名遠播，乃是高門淑女。你雖有些才名，終究是一介布衣，你回絕了婚事倒沒什麼，但月華名聲有損，你擔待得起嗎？」

「趙慎言，你如此輕謾詆毀，和村夫愚婦有何區別？先前我多少覺得有愧於你，但聽了你這一番話，我就毫不介懷了。所謂血緣相繫，有兄如此，令妹品性又溫良得到哪裡？」連玉抬眉甩袖，向季非一揖：「恭喜老爺，當初小姐退婚，實是明智之舉，這種人怎堪與小姐匹配？」

「連無瑕，你不過是罪臣之後，居然敢這樣囂張狂妄！你就不怕我入你的罪嗎？」趙坤終於拍案而起。

「趙大人，你想用官職壓我？這朗朗日月青天之下，你不會想要公報私仇吧！」

「對付你這種下作的人，又何需我費手腳？你在我眼裡，不過鼠蟻一樣，你如果還是口出惡言，只怕……」他環視一眼，滿目不屑。

「你想怎麼樣？」忽地，一聲冷哼自窗外傳來：「說是你趙大人求親不成，惱羞成怒，把我們這些草民布衣都入了罪去？」

「何方鼠輩？」這下，趙坤不想勃然大怒也不行了。

「反正在你趙大人嘴裡，我們不過是鼠蟻一樣，當然不會是個人了。」那聲音由遠及近：「不過，趙大人你今天來，不過是想和我們攀親，那麼趙大人您，又算是什麼呢？」

話音剛落，那人也出現了。

7

趙坤想反駁的話一時哽在喉中。

不為其他，只為了那出言諷刺的女子，實在長得太美。

他一生酷愛花草，尤以芙蓉為最，而此刻眼前這個女子，似極了一株極品的芙蓉。若說清麗，眉宇中靈動慧黠；若說嫵媚，一抬首一回眸，無不風韻天成。風姿綽約處，又豈是三言兩語所能道盡？

世上怎會有這麼如芙蓉姝麗的女子！

他一時竟然看得有些痴了……

「怎麼了，趙大人？不會是言盡詞窮了吧？」

「姑娘又是什麼人？為什麼說話這麼刻薄？」雖震懾於她的美貌，卻聽到她咄咄逼人，趙坤皺起了眉頭。

「我嗎？就是剛才趙大人口口聲聲提到的毫無名節可言的季家惡婦。」想到這個，她就氣不打一處來。看他人模人樣的，長成一副謙謙君子的嘴臉，偏偏嘴巴這麼惡毒，這種人還被稱為當世才子？我呸！

這個美麗的女子，竟是季芙蓉？差一點成為他妻子的季家小姐？

「芙蓉，妳出來做什麼？」嫌這裡還不夠亂是吧！

「爹爹先別生氣，女兒我呀，是專程出來謝謝趙大人的。謝謝趙大人高抬貴手，放了女兒一條生路。若非趙大人寬宏大量，女兒現在不知要怎樣地痛不欲生呢！」

好一個刁蠻的女子！什麼美若天仙？正是個表裡不一的惡女！

「這番話，在下願原封不動地贈還小姐。」幻象破滅，趙坤更覺氣憤：「若非小姐懸崖勒馬，趙某人定會抱憾終生。」

季芙蓉柳眉倒豎，氣急了他的不知好歹。

如果不是她搶在某人之前發難，此刻這嘴巴惡毒的趙慎言定會身首異處了，那才叫抱憾終生吧！

「趙大人作如是想，也不見得人人就這樣了。就如同令妹縱使有萬般好處，也不見得人人想娶一樣。」她移步到連玉身邊，作璀然而笑狀：「趙大人說令妹花容月貌，我想是不假，但說這開封城中的美貌女子，恐怕不只令妹一人吧！我季芙蓉也稱得上姿容過人，單比容貌也應是不輸趙小姐的，趙大人你不是一樣視我如惡婦？」

「娶妻首重才德人品，怎可以貌取之？」趙坤嗤之以鼻。

「趙大人說得對極了！就像我長得不差，但品性不好，趙大人自然是看不上眼，這外貌一條就完全可以略去。但如果說到才德人品，容我放肆，你先前說得半點不差，令妹根本配不上我家先生。」

「哦？妳倒說來聽聽，月華有哪裡配不上這個窮酸？」

「我與月華小姐素不相識，不知她性格怎樣？」

「我妹妹溫良賢淑，是難得一見的好女子。」說到妹妹，他不無自豪。

「想來如此。」說難聽點，就是軟趴趴，大眾化的那一種「閨秀」啦！問也白問，看她那天的樣子就知道了。「我還想問，琴棋書畫，令妹又懂得多少？」

「我妹妹的女紅針線，可比御用繡工。操琴彈曲，也深得宮中樂師讚許。」

「也就是說，其他三樣都不會嘍？」繡花？只要有錢，什麼好的繡工找不到？傻！

「女子無才便是德，只要會家事女紅就足夠了。」就算他心裡並不是真這麼想，如今箭在弦上，不這麼說也不行了。

「這只是趙大人的想法，我家先生就曾對我說過，一個女子秉性固然是最重要的，但如果是讓他選擇終身相伴的對象，除了品德以外，最好是他賦曲時可以操琴相和，更能暢論古今文章大家的人。他要相守的不只是妻，更是一個相惜相重的知己。」

「知己？」趙坤覺得好笑：「我雖不屑於他，但對於他的文章才氣倒是不能否定。當年人稱他為天下第一才子，倒也並非浪得虛名。若說他要找一個能讓他相惜相重的女子為妻，本身就是個笑話！他的琴棋書畫造詣非同一般，當今世上，能在哪裡找到一個這樣的女子？」

「就算知己難尋，至少要是一個懂得欣賞他的人才行。如果將來我家先生真娶了令妹，他寫了一首好詩或作了一幅好畫，想與令妹分享得意，偏偏令妹一竅不通，想來也沒了興致。

「雖說我形容得粗俗了一點，但趙大人總聽說過『青菜蘿蔔，各有所好』這句俚語吧！令妹的溫良賢淑，是世上大多男子的嚮往不錯。可時間一長，這溫良賢淑，唯唯諾諾的，豈不無趣？話說回來，我性子不好，又不懂女紅家事，更是會舞文弄墨，倒盡了大多數男人的胃口。但我敢和你打賭，若將我與和令妹放在先生面前讓他選，他選的絕不會是令妹。」

這季芙蓉真是厲害，不卑不亢，說的也不無道理，居然讓他覺得有些理虧詞窮，無言相辯。

「這麼說來，小姐不否認與連無瑕確有私情了？」

「哪裡來的私情？我只是說他不會選令妹，又沒講他選的是我！」季芙蓉狠狠瞪了他一眼？

這私情哪裡能亂講，他是想害她死無全屍嗎？

「妳雖然說得頭頭是道，但終究是婦人之見。你們也不用遮遮瞞瞞，當初妳季家悔婚的時候，你們兩人之間的事已經傳得滿城風雨。今天又回絕我趙家，費了這麼多唇舌，竭力維護對方，無非有了私情。其實我趙某人也不是什麼食古不化的人，你們這樣費力遮掩，實在令人生厭，莫非你們私下還有什麼不可告人之事？」

「姓趙的！」季芙蓉大叫一聲，嚇了趙坤和季非一大跳。「東西可以亂吃，話可不能亂講！禍從口出你懂不懂啊！」

「趙大人！」同一時間，連玉的聲音也透出慌張：「君子應謹言慎行才是！」

「你們這麼慌張，不就是此地無銀？」趙坤越發惱怒，冷笑說道。

「你說，他們兩人有什麼？」

「又是什麼人鬼鬼祟祟？」這季府裡，愛插嘴的還真是不少！

「你剛才說，他們兩人有什麼？」那聲音冷冰冰的，刺得人發痛。

大廳門口，不知何時多了一道白衣人影。

趙坤又是一驚。

季府裡，怎麼會有這麼個非凡的人物？

令他吃驚的不是這人俊美得不像凡人的容貌，而是這男人身上散發出來的氣勢。他二十歲上官拜三品，隨侍聖駕，這多年來，什麼樣的奇人異士，高官顯貴沒有見過？可這人只是一襲白衣，往眼前一站，居然讓他生出了敬畏之心。這可是從來沒有過的事啊！

「他什麼都沒說，什麼都沒有說過！」季芙蓉拚命否認，臉色發白。

「寒華，趙大人只是心裡氣忿，故而賭氣胡說，你不要當真！」連玉上前兩步，擋在趙坤面前。

「真的？」寒華直勾勾地盯著趙坤。

「當然是嘍！」季芙蓉也跑過來，偷偷踹了那罪魁禍首一腳：「口角相爭互出惡語，這很正常啊！」

趙坤吃痛：「你們這是什麼意思？趙某所說皆合情理，絕非妄言！」

死了！這回真會被這個傢伙害死了！

季芙蓉面色死白，恨不得立刻昏死過去：「姓趙的，我這是前世和你有什麼冤仇？你要這麼害我！」

「季小姐這種模樣，難不成是中了邪？」趙坤嚇了一跳，覺得她十分古怪。

「對，我中邪了！」趙瘋子，還真是要多謝你了！「先生，解釋啊！」

「這……」解釋？該從何說起啊？

慘了！

「怪不得你拚了命也要救她。」寒華看向連玉：「你又說視她有如血親……到底哪一種是真的？」

「你在生氣？」

季芙蓉大大地一個頭暈！先生在這個時候還不辯解澄清，問這種蠢問題幹什麼？

「不，我心裡很亂。」寒華舉手整理自己一絲不亂的鬢髮，所有人都看見他的手顫抖得厲害。

「那，如果我說我愛著芙蓉，你要怎麼辦呢？」連玉平靜地問。

先生！你可真是好心！

寒華的手驀地在鬢邊僵直，嘴唇上連一絲血色也沒有了。

連趙坤也開始覺得事情突然峰迴路轉，蹊蹺得不得了。

這人為什麼一副這麼痛苦的樣子？

「你會動手殺了芙蓉嗎？」連玉又問。

「先生！」季芙蓉輕聲叫著。

這人和他們什麼關係，連玉為什麼要問這種不合情理的問題？

難道……這人戀慕著季小姐？

趙坤疑惑著，心裡冷哼。

這季芙蓉有什麼好的，橫豎不就是個虛有其表的潑婦？

可不大對勁……

所有的人都看得出這個男人此刻心裡的掙扎，他的手又開始發抖。

「還是，你會殺了我呢？」連玉微笑著再問。

「夠了，先生！你也太殘忍了吧！你明知道他……」是多麼深愛著你啊！

「可以回答我嗎？寒華。」

「不，我不會，我或許會殺了她，但絕不會傷了你。」他的聲音中有一絲顫抖。

「可是，如果我愛著她，你殺了她不就是傷了我？」

「無瑕，如果是真的，我怕，我會先殺了自己。」寒華閉起了眼睛。

看得出來，他是說真的……

連玉斂了笑容，愣愣地望著他。

季芙蓉只覺得胸口一痛，恍似那種煎熬，許久以前，也曾有過。

這人不像戀著嫵媚聰慧的季家小姐，反而跟那文雅謙和的連無瑕之間……趙坤看著兩人那糾纏的表情，竟也隱約察覺到了這其中有多麼凌亂紛雜。

「唉……」連玉長長嘆了口氣，打破了滿室死一樣的沉寂。

寒華睜開了眼睛，卻意外地看見了連玉的笑容。

連玉在笑，有一絲無奈，又一絲驚慌。

他笑著，一字一字地說：「我從來沒有對你說過謊話。」

寒華凝視著他。

「慎言兄，今天的事請恕我無禮。令妹蕙質蘭心，自有良緣相待，我和她此生無緣，還望慎言兄代我向她賠罪。」

趙坤只得點頭答應：「方才趙某多有得罪了！」

連玉搖了搖頭：「只是氣話，我不會當真。如果你有心，還是多替芙蓉著想才好。」

趙坤雖覺得這句講得奇怪，但依舊點了點頭。

「芙蓉，妳也知道自己性子不好，就不要這麼孩子氣了。有些東西可能是妳這一生最為想要得到的，不要因為賭氣而失去了。」

季芙蓉也點了頭。

他回過頭，面向寒華：「我們已經出來得夠久，是時候回長白山去了。」

8

「寒華。」他回過頭，不意外地，寒華正含笑注視著他。「你選擇長白山是因為你生長在這裡嗎？」

車窗外，長白山已在不遠處。

「是啊！其實以前這裡並沒有名字，長白山是後來才有人這麼稱呼的。」

「望見山頭皚皚白雪，於是有了埋葬了青黛的憂慮。」

「那是什麼？」似詩非詩，似詞非詞。

「是芙蓉十歲那年所作的生平第一首詩，老爺總是拿來取笑她，你覺得怎麼樣？」

「雖然不合格律，倒也別有趣致。」

「十歲，你能想像十歲的小孩子說出這樣的話來嗎？聽說，她還是對著鏡臺有的靈感。」十歲的芙蓉對於年華逝去就有了夏蟲語冰的憂慮。

「我從不認為她有任何仙家該有的樣子。」

「也許就是因為她的特別，才會有這十世的輪迴吧！」

寒華贊同地點頭。

「你說她和趙坤有著情劫，可任我怎麼看，他們更像是宿世的仇敵。」那一天，他們相處得並不是十分愉快。

寒華這次卻搖頭：「這樣才對，他們第一次見面的時候，就是像那天一樣，文曲踩壞了她的花冠，二人吵得地覆天翻的。」

「由恨生愛?倒也特別。」連玉欲言又止。

「你是想問他們今後命運如何?」

「不,並不是很想,有些事還是不知道的好。」

「就算你想問,我也答不出來了。他們的命數自從你代季芙蓉一死開始,已跳出了這個輪迴可計的範圍,成了未知之數。在今後的一定時間之內,連我也無法計算出來。」

「那不是很好嗎?接下來所發生的一切就可以讓他們自己決定了。」

「那你剛才想問我的是什麼?」

「問你。」連玉微笑著。

「我?」

「我是想問,你在長白山裡修行的時候過的是什麼樣的日子?時間漫漫,你不會覺得寂寞嗎?」

「寂寞？」寒華的目光放到那白雪皚皚的山頭上：「那已經是無數年以前的事了，有很多事我已經記不太清。我只記得上古洪荒，盤古化身為河流山川之後，天地之間就有了異獸。

「我是這山上的一尾白狐，不知道自己從哪裡來，只是突然之間就已經在這世上存在。起初日子過得有些渾噩，直到有一天晚上，天有異象，我親眼看見了東海中的那條神龍飛昇成神，幻化人形的樣子。你不知那一刻我心裡的震撼，自那天起，我就下了決心，不能再庸碌度日了。」

「飛昇成神？」連玉遙想：「一定是華美宏偉至極的場面。」

「那是當然，他是這天地間最初的神祇之一，但盤古捨身創造出來的世界，幾乎就被這家伙給毀了。」

「海中神龍？難道說……」連玉瞪大了眼睛。

「的確，我得道後，就一直留在他的身邊。直到他敗給了祝融，一頭撞死在不周山上。」

「共工，天地萬物源頭的神祇？」連玉驚嘆著：「那是怎樣的人啊！」

「共工嗎？」寒華陷入了回憶：「他是個奇怪的人，光看他的死法就明白了。居然撞倒了頂天的巨柱，讓我真不知是該覺得讚賞還是惋惜。」

「神仙不都是不老不死的嗎？為什麼又傳說他撞死在不周山上？」

「他是不同的，他和祝融是這世上最初的神祇。他們的確法力無邊，才智高超，可是性格上有著太多的不足。他們的性格執著偏激，也許這是因為他們身上仍舊存有野性吧！共工戰敗後，真正使他死去的是他的驕傲，他不允許自己再活下去了。事實上，殺死共工的，不是不周山也不是祝融，是他自己。」

「人之大欲，不過是個『我』字。沒想到他成就前無古人之業，卻這麼執著於不重要的意氣之爭。」

寒華笑著，有些事……畢竟，那樣迂迴曲折的故事，實在是太難以講述了！

「那麼你呢?共工死了以後，你又怎麼辦呢?」

「共工死後，女媧煉石補天，力竭而亡，我就回了長白山沉眠。又不知過了多少年，她創造的凡族在世間興盛起來，我長眠醒來之時，軒轅氏族正與蚩尤對戰。」

「軒轅黃帝?他勝了蚩尤，不是嗎?」

「那時，我因為某些原因，不得不幫助了軒轅氏一系。最後雖然是勝了，但雙方傷亡慘重，連我也受了誅神法術的重創，折了近萬年的修行，於是又回了這長白山。」想來，竟已過去了那麼久的時間。「那一役，上古眾神差不多死傷殆盡，據我所知，剩下的，不過三四人而已。」

「誅神法術?有那種東西嗎?」

「當然有的，在共工死後，水系神族群龍無首，在和火族的爭鬥裡一直處於劣勢。共工第七子名叫太淵，是個才智高絕的人，他將共工死後留下的殘軀煉成了七件誅神法器。共工雖亡，但他是天地初始時就飛昇的神龍，他的身軀就是這世間眾神的根本。所以，太淵用這些法器列成龍形陣法，以誅滅幫助蚩尤的祝融一族。」

「你不是他的同道嗎？又怎麼會反被他的陣法所傷？」

「我和太淵之間……沒有太深的交情，他來找我的理由是維護共工一族，而我欠了共工極大的人情，我幫他無非看在共工的顏面上。至於受傷，是我為了引祝融長子熾翼入陣，觸動陣法，才受了傷。」大部分確是實情，只是細節稍有出入。「雖然不會致命，但我元氣大傷，只得回長白山沉眠自療。」

「那你怎會介入芙蓉和趙坤的事情呢？」

「這要從五千年前說起，我之所以入了天庭，倒也是別有目的。我要尋找一些東西，但世間廣闊，我一己之力終是有限，於是就和他們交換了條件。」寒華看著他：「過了這麼久，知道這件事的人屈指可數，甚至九十九天的諸仙，西方的神佛們也是一樣。」

如果不是刻意回想，連他自己也快遺忘了，他是上古神眾中的寒華，而不單單只是天庭中司掌律法的寒華上仙。

「這麼重要的事，你不該告訴我的。」連玉的心起了波動，知道他這麼說的原因，卻又無法裝作漠然。

「我只是想讓你知道，神與仙的稱謂對於我來說，根本就沒有多大的意義。但你不同，你對於我，已經是無可替代的。只要你說一句，我即刻向姬軒轅辭了這身分，長長久久伴在你的身邊。」

「這怎麼行？你不是說是有目的的嗎？」

「那又怎麼樣？從有意識以來，我一直為別人而活，為共工助陣，為太淵操戈。直至現在，還是為自己的誓言束縛著。」寒華的笑容苦澀：「前段時間，我終於靜下心來好好回憶從前。居然，我從沒有過關於自己的記憶。我所記得的，始終是身邊的那些人，他們的愛恨情仇，他們的前塵往事。而我，就像一個完全的旁觀者。於是我問自己，可有什麼真正想要的、有什麼值得活著的理由？」

「不要說了。」心口有些緊繃，是因為同情他的寂寞，又或是……

寒華住了嘴，眼裡的失落卻無法消退。

連玉看著他俊美的眉眼，細細地想著……

「我想不通你對我的感情是從哪裡來的，又怎麼會這樣地濃烈，我只知道，我絕不會像你愛我一樣愛上你，更不會對你有同樣深厚的感情。」他抬手阻止想要開口的寒華：「但我只是一個凡人，一個有著七情六欲的凡人，你對我的好我並不是毫不感動。我苦惱了很久，更不知道你我這樣糾纏下去會有什麼樣的結果，但是我要承認，我無法說服自己用凡人的教條拒絕你。所以，寒華，我給你一個許諾，我會嘗試，也許要花很久的時間，但我會嘗試讓自己喜歡你。」

寒華的眼眸泛出光亮，這是連玉第一次看見他由衷喜悅的樣子。他原本冷峻的五官因這喜悅而化成奪人心魄的溫柔笑容。

縱然已經看慣他了的容貌，也並不是注重外表的人，連玉的心依舊漏跳了一拍。

仙魔劫 連玉

若說是傾國傾城也絕不為過，哪怕他不是女子，也無絲毫柔媚可言，但他實在是太過俊美了。幸好，他不是凡人，否則，這樣的外貌足以引起軒然大波了。

也幸好，他並不習慣常常這樣微笑，否則……

連玉也微笑了起來。

春去秋來，花落花開。

一轉眼，竟然已經在長白山上住了三年。

有三年了嗎？為什麼只像是彈指一瞬的時間？

是過得不好或是太好，讓光陰頓縮成寸？

這樣再過上十年，百年，也許，並不是一個壞主意。

這一年，連玉二十七歲。

這一日，是他的生辰。

寒華不知所蹤，想來是一早出去尋找什麼奇珍異寶討他的歡心。

前年是世傳失落已久的琴譜《秋色怨》和焦尾琴，去年是一本天上之人撰寫的棋譜。

今年不知又會是什麼？

連玉這樣淡泊的人，也不由生出了期待之心。

正午時，有訪客。

「你……」連玉看見那個從綠蔭深處走出的女子，心裡吃了一驚。

這位不正是當年來這裡找過寒華的那位仙子？

喔！對了，當年，這位似乎對寒華有情。

難道說……

「寒華正巧不在。」他盡量笑著。

「我知道，我今天是來找你的。」

「我？不知所為何事？」她清傲美麗的臉龐，不知道為什麼，竟有些令連玉不太舒服。

「你知道我是誰嗎？」

那仙子卻住了口，上上下下打量著連玉，神色更見嚴苛。

「如果我沒有記錯，姑娘應該名叫掌燈。」

「那你也知道我的身分了？」

「像妳這樣的人物，一定不會是這汙濁塵世裡的凡人。」他倒了一杯清茶，遞到她的面前。

「是，我名叫掌燈，正是王母身邊的掌燈仙子。」

看她拒人於千里，連玉也不生氣，把手收了回來。

「那不知仙子找我，是為了什麼？」

「你又知不知道，寒華上仙是九十九天上仙之首，地位何等尊貴，和你完全判若雲泥？」

「仙子這話有些奇怪，佛祖都說眾生生而平等，又何來尊貴低賤之分？」

「好個巧舌如簧。」這回，掌燈居然不怒反笑：「難道你當真以為寒華上仙這樣高貴的仙人，就會對你一個凡夫俗子有了情意？」

「妳是什麼意思？」連玉的心一驚，這話分明弦外有音。

「你可知道寒華上仙為什麼司掌天庭律法？」

連玉的眉皺了起來。

「那是因為他為人嚴厲無情，更沒有絲毫憐憫之心。」

「仙子說的話我不是很明白。」

「你難道從沒有覺得奇怪？奇怪這情意突兀而來，毫無原因？還是你以為，以你一個再普通不過的凡人，居然能令天上最無情的仙人動了情念？」

「妳想告訴我什麼，不妨直說吧！」

「好，那我就告訴你，寒華上仙對你的情意是虛幻的，是假的。他之所以以為自己愛上了你，不過是因為他服食了一種毒藥。」

「荒唐。」連玉放下杯子，坐到椅子上：「仙子也不是蠢人，怎麼會說出這些話來？要說是別人倒也算了，寒華不但是神仙，而且為人警覺，又怎會中了什麼毒藥？」

「你先別急著否定。確切來講，那並不是一種毒藥，只能說是一株奇異的仙草。那東西名為『纏情』，原本是長在三生石上的一株小花，由於吸收了姻緣石上三界眾生的情愛執念，變成了這世上最特異的仙草。不論人神仙佛，不管你有多少年的修為，多麼冷血無情，一旦服下剛從石上採摘而下的花朵，就會對第一刻注意到的對象產生濃烈的愛慕之情。」

掌燈嘆了口氣：「只可惜那仙草雖然奇異，卻只是有此一說，一是由於那花蕾雖長成了近三千年，但從沒有開放過。二來，據說那花朵離開根莖至多一刻，就會化作無形。所以，這東西在天上雖人人知道，卻從沒有真正見過它的用處。」

「妳是說，寒華正是服了纏情？怎麼可能？」

「應該說，他並不知道自己服了纏情，這也是特性之一。」掌燈第一次看著他笑了：「其實無辜的是你，但你只是一介凡人，有此奇遇，就當作是命中的劫數好了。」

「劫數？」連玉有些愕然，他拿起了手邊的杯子，卻又立刻放了回去，他的手抖著，根本無法握穩。

「你信了我嗎？」

「似乎……沒有理由不信，仙子尊貴，怎麼會誆騙我這凡人？」連玉笑了。

「你的反應倒是奇怪。」掌燈看他一眼：「你知不知道，我今天來，就是為了了斷這段因緣，你和他人仙殊途，終究是不合適的。」

「應該是這樣。」連玉低下頭，看著自己白色襦衫上隱約的雲紋：「不知道仙子有什麼打算？」

「很簡單，纏情其實只要服用兩次，就可以抵消藥力。我之所以今天才來，為的就是等這朵花開。」掌燈從懷裡取出一個手掌大小的玉盒：「這纏情總共才有兩朵花蕾，我還以為要等上千百年。可倒是巧了，間隔不久居然次第花開，花離萼後連根莖都已經消失不見。我從百花仙子那裡借來的玉盒，可以保留這花三個時辰內不謝。這花遇水即溶，如果他喝了，也就解除了藥性。」

「是嗎？」連玉覺得有些氣急：「聽仙子言下之意，似乎還要我來幫忙？」

「你倒有些頭腦。不錯，你如果答應我把這水讓上仙喝下去，我答應你，非但不會為難你，甚至會求王母破例讓你即刻位列仙班，怎麼樣？」

「仙子以為我是貪圖神仙之名的人？」

「好！我也猜到是說不通的。那我問你，你愛上仙嗎？」

連玉抬頭看著她。

「不回答？那就不是絕對不愛了？」掌燈也冷眼看他：「既然是這樣，那你心裡有沒有不安呢？你難道就不想知道，上仙對你的愛是出自真心還是受藥性所至？」

「如果我拒絕呢？」

「我總會有辦法。我只是在可憐你，可憐你受了牽連，由你來親自證實總是更好的。」

連玉站了起來，陽光從窗外透入，他卻覺得有點發冷。

「我又怎麼知道妳不是在誆騙我？如果事實並非如妳所說的，我豈不是可能害了寒華？」

「我願以我的仙籍起誓，我所言半點不假。」

「如果真是這樣，妳當初又為什麼要那麼做呢？」

掌燈變了臉色：「你說這話是什麼意思？」

連玉盯著她，神情逐漸嚴厲：「如果我猜得不錯，當初寒華之所以會服下纏情，應該是仙子妳出於私心所為。妳當初能不顧身分做出有違禮德之事，今天又何嘗不會違背誓約？」

「真是沒有想到……」掌燈的臉上再也無法保持平靜：「你竟然會這麼想。」

「妳的心思我很明白。」連玉走到她身邊：「可惜，我不會那麼做的。」

「你竟寧願沉溺假象？」

「不，我會告訴寒華，怎麼處理，得由他自己決定。」

「你這和不肯有什麼區別？」寒華上仙對他執迷之深，又怎麼會服下這花？

「他並不是喪失神智，孰是孰非應該由他自己判斷，不是妳我。」連玉越過她，走到門邊：「仙子，妳修行不易，得道成仙也是因為有靈慧之根，應該是明白的，有些事如果要強求，反倒會傷了本意。若是愛他，又何必左右他的心志？」

掌燈愣愣地看著他，這個凡夫俗子，怎麼會有這樣的安逸之氣，僅僅是看著他，那躁動的心也平和了下來。

「你知不知道。」她的聲音柔和到連自己也覺得驚訝：「他為了你，一路闖上了西王母的昆侖山，打傷了無數守衛，強搶了那株三千年長成的絳草？」

「我不覺得奇怪。」

「如果他以後恢復成那個無情的寒華上仙，視你為陌路，那你又會怎麼樣？」

想到這裡，連她都幾乎有點難過了。

「命裡無時莫強求。仙子，妳是仙家，怎麼會連這點都勘不破呢？」他倚到門扉上，終於有些疲累了，那感覺，竟然有些像以前他發病時的那種前兆。

「你是凡人嗎？為什麼竟然會……」比她這神仙還要放得下？

「他當然只是個凡人！」

「是你？」掌燈迷惘一斂，飛身上前，卻只來得及接住連玉癱軟的身體。

而連玉倒下的一刻，卻有另一張臉龐從門外顯現。

「你想做什麼？」掌燈低頭，看出連玉只是身子軟倒無法動彈，神智倒還清醒。

「我做什麼？」來人笑咪咪的，爾雅斯文的五官一派溫和無害：「我倒想問問仙子，妳不會被這個凡人三言兩語就打消了念頭吧！還是，妳對寒華上仙的情意竟然只有那麼短淺？」

「並不是那樣！」掌燈一時有些心虛：「我只是希望能盡量光明正大一些。」

「光明正大？」那人嗤笑出聲：「妳是想等寒華回來，光明正大地讓他處罰妳？」

「如果不是你，怎麼會有今日的局面？」掌燈性子倨傲，縱然心裡十分地畏懼這個人，卻依舊反駁：「如果不是你教我用這纏情……」

「唷！仙子此時倒想推卸責任了。」那人也不惱火，仍舊笑著：「妳當天苦苦哀求，我也不過隨口一說，沒想反倒是害了仙子啊！」

「你……」

「別惱別惱，我是開個玩笑！仙子多情，那薄情人卻不願消受，我當然看不下去了。但事已至此，妳再猶豫不定，會害了大家倒是真的。」那人半蹲下，與連玉平視：「今天怕要對不起你了。不過這都要怪寒華，他那時如果不是想用法力強行將藥性驅離，也不會讓纏情進入了五臟六腑，愛你成狂。」

「如果上仙今天不願服下，這一切也是白費。」掌燈皺起眉頭，寒華要是不願意服下，又有誰能強迫得了他？

「硬來那當然不行。他要是真的生了氣，我也未必會是他的對手。」那人露出無奈的表情，像是在輕鬆說笑：「所以，還是避免衝突為上。」

「那該怎麼辦？」放倒這個凡人，也是避免衝突的手段？

那人不答話，上上下下打量著連玉。

「你……這是幹什麼？」掌燈瞪大眼，看著他的舉動。

連玉同時大吃一驚，可恨口不能言，目光中滿是焦慮。

「你懂了，對嗎？」那人長身而起，白衣飄飄，爾雅的五官幻化成清秀溫和，神情中戲謔無蹤，滿是祥和平靜。「我原本不想和他照面，看來還是無法避免地要見上一面了。」

「你以為可以騙過上仙？」掌燈狐疑著。

「我有辦法讓妳闖入他的長白幻境而不讓他發現，當然有把握瞞過他。」他說起話來也不再語帶暗嘲，反倒帶著一種說不出的淡然自得。

一時連掌燈也恍惚了，如果不是連玉就倒在她的腳邊，她還以為自己仍舊在和那個奇怪的凡人說話。

「算算時辰，他該回來了。」那個「連玉」伸手在身前凌空畫了個圓圈：「我在那個角落設了障術，妳和他就待到那裡面，就當是看齣好戲了！」

事到如今，掌燈別無選擇，只好扶起連玉往角落走去。

「你……你究竟……誰……」連玉用盡氣力，也只講出了這幾個殘破的呢喃之音。

那人奇怪他還有力氣講話，然後突然恍悟。走到他的面前，有些自言自語：「我倒忘了，還是要謹慎些好。」

他一拂袖，連玉再也發不出任何聲音。

「我的名字告訴你也無所謂，你就好好記住吧！我叫做……」說到這裡，卻突然沒有了聲音，只是含笑看著連玉。

掌燈覺得驚訝，他應該是用法術只讓連玉一個人聽得見他說了什麼，但連玉聽到的那一瞬間，眼睛裡飽含著驚異、不解、焦慮、不安。

是什麼名字，居然讓這個直到剛才也仍保持清明的人方寸大亂？

「仙子可是也想知道我的名字？」那人笑了，是那種半真半假的笑。在連玉的臉上看見這種笑容，實在是一件很彆扭的事。

「不必了。」掌燈覺得很不舒服。

「這才對，知道我名字的人，多半下場都不會很好。」他面容一斂，終於收起笑容：「快進去，寒華就要回來了。」

9

寒華長袖一擺，翩然落下。

「無瑕，我回來了。」看到連玉正品茗捧卷，他不由放輕了聲音。

「喔！」連玉轉過頭來，微微一笑：「你今日是什麼時候出去的？」

「清晨。」寒華走了進來，眉眼含笑。

連玉點點頭，倒了杯茶放在他面前。

寒華坐了下來：「我今天去了趟遠處，帶回一件東西，你一定會喜歡的。」

「你深知我的喜好，當然不會說錯。」連玉拿起茶杯，喝了一口。

寒華笑意更濃。

「那是當然。」他也喝了口茶，問：「你讀了什麼書？」

「前朝的詩文。」連玉放下手中書卷：「盛世之中的文采風流，戰亂時的激昂慷慨，這千古文章都是順應時事而出。自唐以後，怕難有鼎盛之局，也難有這種大家了。」

「說得不錯。」寒華撫掌微笑，嘴裡卻說：「雖然我還不知道你是什麼人，但從今天以後，恐怕很難有這般惟妙惟肖的模仿了。」

「連玉」笑容一僵，轉眼笑了出來，半真半假地微笑：「不知道是什麼地方讓你看出了破綻？」

「你要是假裝別人，我不一定看得出來，可你假裝的是他，我又怎麼會錯認？」

寒華雙眉一抬：「你太投入了，他可從來沒有那樣專注地盯著我的一舉一動，更別說你的眼裡明明是有所圖謀。雖然外表相同，可他絕不會在講話時移開目光。你一點都不像他！」

「真是失敗！」那「連玉」有些懊惱：「我真是越活越回去了。」

「那麼，無瑕在哪裡？」寒華臉色陰沉下來。

「如果我說不知道，你一定會撲上來將我撕個粉碎。」

「知道就好。」

「你真是變了不少啊！」

那張臉重又換上了爾雅斯文，那人穿著一件天青色的衣裳，搖著玉骨的摺扇，一派風度翩翩。

「是你！」

寒華第一次變了臉色。

「故人相見，就算不是感動莫名，也不需要這樣橫眉相對吧！」那人合上了掌中摺扇，笑容裡有著快意。

「無瑕呢？」寒華拂袖而起，目光中充滿了升騰寒意：「你我恩怨和他無關，你如果對他做了什麼，別怪我不念舊情。」

「你我之間哪來什麼恩怨？我又像會為難區區一個凡人的人嗎？」

「對你我可不敢保證什麼，你並不是沒有做過那種事情。」

「你這樣說，真是傷透了我的心啊！」那人做出誇張的捧心之狀。

「廢話少說，你究竟想做什麼？」寒華咬牙揪起了他的衣領。

「這樣的你，倒也有趣。」那人笑容不變：「日後，我一定會懷念的。」

「你……」寒華雙眉皺起。

「不愧是你，居然能捱這麼久！怪不得，上次居然能忍到返回長白幻境以後方才發作。」那人一根根扳開寒華的手指，整了整前襟。

「是什麼？」寒華瞪大雙目：「茶水裡有什麼？」

「只能怪你太自負了！寒華啊寒華，你本來應該是我們當中最難以智取的人，可惜，你終是敗在了這『驕傲』二字上。」那人搖頭，嘆息著：「你看出了我不是他，卻自負地以為這世上沒有人能暗算得了你。你心雖然亂了，卻依舊想得太多。如果你先發制人，我也無可奈何的。」

寒華此刻已沁出汗水，臉色白得嚇人。

「我知道你體徵特異，百毒不侵，所以，這當然不是毒藥。」

「他呢……他……怎麼樣……」他已有些站立不穩。

「到了這個時候，你居然還有心思擔心他，可見這藥效之強，不枉費我用盡了心思讓它開出花來。」那人滿意地點頭：「現在你心裡一定是恨極了我。不過，片刻以後，你多少應該會感激我才對。」

「無瑕……」

「算了！看見你這麼痴情，我的心情實在是太好了。」那人「啪」的一聲打開摺扇，對著屋裡的角落扇了一扇。

「無瑕！」

明明已經沒有了力氣，但寒華還是急速地移了過去。

連玉不能說話，眼睛裡卻閃動著憂慮與焦急。

寒華把他扶到懷裡，仔仔細細檢查了一遍。

「沒事，你沒事就好。」他大大地呼出一口氣，一手撫上連玉的臉畔，冷汗淋漓的臉上露出笑容：「你不要擔心，一切都有我在。」

連玉抬起手來，顫抖著拭去寒華額上的冷汗，看著他安慰的眼神，心裡忽地一陣絞痛……

一滴晶瑩的淚水溢出他的眼眶，滑過蒼白的臉頰，落到了同樣蒼白的寒華的手上。

「你哭了？」

寒華一陣心慌。連玉的性格外柔內剛，無論怎樣的逆境，他總是從容面對，什麼時候看他流過淚水？「怎麼了，困縛不是解了嗎？你哪裡在痛？」

「寒華。」連玉一手撐起自己，心裡百味雜陳：「你呢？要不要緊？是不是很難受？」

「不，沒什麼，只要你沒事就好。」寒華笑著搖頭，也不顧自己的樣子有多麼難以取信於人。

他回過頭去，神情嚴厲：「我要你以盤古聖君之名起誓，如果你動他一根寒毛，你就永遠得不到心中所想之物。你要是不願意起誓，現在我就和你放手一搏，哪怕是兩敗俱亡，我也在所不惜。」

青衣男子一聽這話，原本的神情突然變了，爾雅的五官不笑時，竟化為陰冷邪魅：「你現在倒相信我的誓言了嗎？你就不怕我會反悔？」

「你如果會反悔，就不會立誓。因為只有那樣東西，你不捨得冒一絲一毫失去的風險。」

青衣男子盯著他看了片刻，突地放聲大笑：「寒華啊寒華！你真不愧是他最倚重推崇的手足，如果說這世上有誰還能在這種情況下令我頭痛，也只有你能辦得到了。」

「好！」他撫摸著絲絹的扇面：「我以盤古聖君之名起誓，我從這一刻起，要是動手傷害這個凡人一絲一毫，我心裡最想得到的那樣事物就會永遠失去，永不能得。」

寒華勾勾嘴角，算是接受。

「寒華！」連玉看著手心裡的一抹鮮紅，以及寒華唇角邊流淌出的一縷豔色。

「沒什麼，只是咬破了嘴唇。」寒華把頭靠到連玉肩上，聲音變得輕了：「你不要擔心，我馬上就會好了。」

「你是馬上就會好了。不過你如果想繼續強行抵抗，會有什麼後果，就不是我能預料的了。」青衣男子露出無奈的表情。

「無瑕。」寒華沒有理會他，繼續和連玉講著話：「你剛才的眼淚可是為我而流？」

連玉望著他期待的目光，閉上眼，點了點頭。

「我很高興。」寒華抓住了他的手：「我從沒想過你會為我流淚。哪怕是現在就要死了，我也很開心。」

「胡說什麼！要說死，你總不會比我先死的。」連玉眉頭放鬆，神態由焦急變回了平和，連一旁的青衣男子也為他突來的平靜挑起了眉毛。「你還記不記得，你那日對我說過，除非你死了，否則，我的生死任誰也不能決定。你現在如果真的死了，上窮碧落下黃泉，我一定會去找到你。我倒要問個明白，誰讓你把話說得太滿，我原本還想多活些時日的。」

「你是說……」寒華一時停了呼吸，這些話聽起來……「你不會是想……」

「你如果死了，連無瑕絕不獨活。」他講出這句話，突然感覺心上一輕。生與死，對他來講，一向不是什麼太重要的事。

寒華驚愕地幾乎忘了自己身上陣陣的噬骨之痛，定定地看著連玉。

這幾句話，不就是代表生死相許？

「你以為我在騙你？」連玉輕輕拭去了他唇邊又湧流出的鮮血，然後用力地反手抓住了寒華：「我雖然心腸很軟，可是，這一生中從沒有說出過違背心意的話。我說這些，並不是因為被你感動而出言安慰你，我說出生死相隨的話來，是因為我心裡就是這麼想的。」

「無瑕！」

寒華心頭一陣狂喜，猛地噴出一口鮮血來，濺到了連玉白色的衣衫上，形似一幅紅梅怒放的景致。

連玉用自己的衣袖替他抹去臉上的血漬。

「無瑕，我好開心。」寒華終於倒在了連玉的懷裡，臉上一副心滿意足的笑容；「我有好多話要對你說，可是……又不知道該先講什麼。」

「那就不要說了，我明白的。」

寒華點點頭，臉上的倦意卻更濃了：「和我講話，無瑕。」

「你要是睏了，就睡上一覺吧！」連玉用手指梳理著他烏黑的長髮：「等你醒了，我們慢慢地說。」

「好，我只小睡一會兒，馬上就會醒了。無瑕……你會在的，是嗎？」寒華努力強撐著精神，等著回答。

「是的，我在這裡……哪兒也不去。」連玉頷首，微笑著。

「無瑕。」似呼喚，又似嘆息。

連玉緊緊地握住了他的手，望著他闔上了總是追逐著自己的雙眸，帶著微笑失去了意識。

「好一齣生死相許。」有人鼓掌：「真叫我以為自己錯放了毒藥，毒死了他。」

連玉也不理他，垂首望著寒華的臉。

「你很聰明，更是特別。」那人似乎很喜歡自言自語：「我都忍不住有些為你難過。才動了真情，卻在轉眼間失去，你一定很傷心吧！」

「我看。」連玉抬頭望他一眼，又收回目光：「你忍不住為之難過的是你自己吧！」

「哦？為什麼這麼說？」那人「嗶」地打開摺扇，有一下沒一下地扇動著。

「你很傷心，因為你從來沒有真正得到過。你心中痛苦，所以才出言傷我。你根本不是在同情我，你是高興，高興這世上有另一個人與你一樣，即將失去一切。」

「是嗎？」那人笑咪咪地：「我知道你在難過，你儘管說吧！我不會生氣的。」

「你心裡其實已經很生氣了。如果不是你對寒華下了毒誓，你現在說不定已經把我殺了。」

青衣男子停下了扇風的動作，看著頭也不抬的連玉。

「你說得雖然刺耳，可我得承認，我剛才心裡確實起了殺機。看來寒華倒是告訴了你不少事啊！」

連玉搖頭：「你錯了，雖然我知道你，可是他並沒有詳細提起。」

「了不起，除了很多年以前的一位舊相識以外，世上居然會有另一個人一眼看穿了我，你很是了不起。」

「沒什麼了不起的。」連玉抬頭看他，眼睛裡的坦蕩平和讓他的笑容差點掛不下去：「你不難懂，我一開始就知道你瞞不過寒華。」

「為什麼？」他突然覺得有意思，這個凡人不太一般啊！

「因為你的眼睛裡寫滿了不甘，很明顯地，你心裡一直忿忿不平。我雖然並不知道原因，可想起來，多半和寒華逼你立下的誓言有關。你的確善於掩飾，可是，縱然你是神祇，一旦有了日夜不得平復的心結，總會不經意流露而出的。」

「我現在告訴你，寒華愛上你以及現在的情況，都是我一手安排的，你心裡就不會有一絲怨懟嗎？」

連玉微笑，摟緊懷裡的寒華，有風吹過，二人白衣飛揚，像是一個虛幻的影像。

「你無非想說，我面對的是鏡花水月。但我不這麼想，那也是寒華，只是你不熟識的另一面而已。他說愛我，就是寒華愛我，本來就沒什麼區別。萬物有情，只是表像不一，神仙們也不外如是，連你也是一樣的。不過你表達的方式太過激烈，傷害了別人，卻無法滿足自己。」

「多少年了？」那人的表情似乎充滿了驚訝：「有多少年沒有人對我說教了？寒華啊寒華！你的眼光還真不是普通地好！

「我很佩服你的勇氣，連公子。最近這幾千年，很少有人敢這麼跟我說話，我幾乎就要開始欣賞你了。可惜！」他嘆了口氣：「我不得不告訴你，正是我成就了你這一生中最大的劫數，這劫是從我的刻意而來，我沒有理由改變這既定的計畫，所以，不得不委屈了你。」

連玉聽著他隱諱的說話，並不是很明白，也不想明白。

「準備好了嗎？」那人的興致突然高昂起來：「其實，好戲還沒有開場呢！」

他打了個響指，笑得有一絲殘酷。

10

連玉一驚。

那斜挑入鬢的眉下，那雙烏黑清洌的眼……

「寒華！」他不知該開始歡喜或是悲傷。

寒華醒了，突兀地醒來，如同那天……從天上突兀地來到凡間，突兀地闖入他的生命……

那雙眼中，沒有情感……

「你在做什麼？」那聲音，好冷……

手中再也沒有絲毫溫度……

「你，不認識我了？」連玉望著他，低聲問道。

寒華看他，目光移到二人交疊而握的手上，眉頭輕皺。

連玉只覺得眼前一花，背部一陣劇痛，再睜開眼，自己已經摔落到了三丈開外，重重地跌到了地上。

「汙穢！」寒華袖袍一展，渾身上下即刻潔淨如昔，再無一絲血漬汙跡。

連玉齒根一陣緊咬，不論摔得多痛，都沒有這一句話讓他痛得入了心扉。

「終於醒了啊！如果你再不醒來，我都要快說不過他了。」青衣男子誇張地叫著，成功地引得了寒華的注意。

「是你？」寒華冷冷地望著他：「你要做什麼？」

「對嘛！」青衣男子笑得更是開心：「這樣冷冰冰的才像你啊！」

寒華目光四處一轉，為自己所看見的皺起了眉頭。

「我知道你是怎麼想的。」青衣男子用扇子掩住嘴，像在偷笑：「可是確實不錯啊！這樣看來才是住家，而不是一個屋簷。」

寒華冷哼一聲，袖袍拂到之處，一切恢復到了最初的模樣，沒有詩書樂器，沒有茵茵碧色。

白雪，竹舍，深藍的湖水……

連玉站著，指甲生生地掐入了木質的窗櫺。

「告訴我，寒華，你真的不記得他了嗎？」

寒華的眼睛終於落回了連玉的身上。

白衣染血的連玉，面無血色的連玉，仍然穩穩站立著的連玉。

寒華的眼裡像是閃過了什麼。

「認得的吧！這位無瑕公子，可與你相處了一段不短的時間。」

「閉嘴！我還沒有開始和你算帳。」

「你說狠話還這麼冷冰冰的，真是特別！」青衣男子陪著笑臉。

寒華盯著連玉，眉頭皺緊。

「我知道我誤服了纏情，那只是意外。雖然我對於發生過的事沒有什麼印象，但大致上可以估算得到。」縱使是以寒華的漠然，說起這些也有點生硬。

原來沒有看錯，他眼中真的是惱怒，是不屑，是憎惡！

「你也並不是全無利益，你命定早夭，至今也多活了不少時日。」

連玉低頭，勾起嘴角，笑了起來。

「你笑什麼？」青衣男子問道。

「只是覺得有趣，你不覺得嗎？」

青衣男子搖頭。

「怎麼會不好笑？我倒覺得挺有趣的。」連玉看向寒華：「那麼請問先生又想怎樣處置我呢？」

「我曾允諾把你的魂魄送到地府，絕對不會食言。」

「那麼說，你是要殺了我？」連玉點頭：「那也是應該的。」

寒華住了口，直直地看著他：「是劫數，不是你的能力所能更改。」

「不錯！」青衣男子接了口。

「先生，現在在你眼裡，我究竟算是什麼呢？」連玉盯著寒華的眼睛。

寒華沒有回答，但連玉心裡已經有了答案。

「汙濁的凡人。」連玉鬆開了手，指尖上鮮血淋漓：「對，先生，只是做了場夢。」

他側過臉，望向窗外蔚藍天幕。

「如果可以的話，我倒希望沒有人做過這樣的夢。還是，終究只是你所做的夢，這一切，連我……不過是醒來後不復記憶的場景。」

他邊說邊微笑著，風吹過，撩動衣袂髮絲，襯得他有如謫仙。

「真是可惜了。你原本深有慧根，如果不是壽命短薄，不需要太多的時間，能夠得悟大道也說不一定。」青衣男子搖了搖頭，狀似惋惜。

連玉回過頭來，笑著說：「我剛才對你說了，如果你不在了，我上窮碧落下黃泉也是要追隨而去的。雖然到了現在……但我說過的話，全是出自真心。我會等的，絕對不會違背諾言。」

「我不會去那裡的。」說話的是寒華。

「沒關係。」連玉挽起鮮血斑斑的衣袖，淚盈於睫，卻不再滴落下來：「哪怕是要等上千年、萬年，哪怕永遠。那是我答應的，我答應過你，就會做到。」

「隨你。」寒華淡淡地回答。

「等等！」青衣男子摺扇一揮，擋在了寒華眼前：「我今天來，可不單單是為了看你們這齣相忘紅塵。」

「你還不死心？」

「怎麼會呢？這點耐心我還是有的，不然也活不到今日了。」他撫摩著手中摺扇，垂下眼瞼：「你看，現在來談這個問題不是正好嗎？我剛剛才發現，原來你把東西給了這位連公子了。這樣一來，什麼都好說出口了。」

「你有把握我會答應？」

「為什麼不呢？那東西本來是你從我這裡得去的，對你又沒有什麼用處。你既然不會為了它而和我同歸於盡，那麼，照你現在的情況，也不會耗力和我動手吧！」

「你一向計算得精準。」寒華顯然十分不悅。

「不，這一回出了太大的岔子，差一點就大事不妙了，還是源於我低估了你的實力。不過，這回我是有心算無心，出了小人的招數，險勝於運勢罷了。」

「哼！」寒華冷哼。「為什麼不光明正大地向我挑戰，居然甘作小人？」

「要是換了平時，我可沒把握勝得過你，畢竟，您可是我的長輩。」

「你要給你就是，何須唇舌之中諸多取巧。」

「那麼，就多謝了！」青衣男子看向連玉：「只是我答應過，不動這個凡人一絲一毫。何況它和你性質相近，你取出來，才不會玷汙了它。」

寒華看看他，走前兩步，來到連玉面前：「我要在你身上拿一樣東西。不過，你反正就要離生，那東西對你已經沒有用處了。」

說完，緩緩伸出了右手。

連玉只覺心口一片寒冷，他靜靜地看著寒華的指尖穿透自己的胸口，如同穿透無形的煙霧，沒入了心口的方向。

下一刻，寒華手指微曲，像是抓到了某樣東西，手慢慢從連玉的胸口抽回。

連玉只覺得一陣揪心的痛楚洶湧而來。一個不穩，本能地抓住了寒華的衣袖。

寒華的手終於取了出來，纖長的指尖中，一顆雪白的珠子放射著七彩光華。

青衣男子的臉上露出喜色。

「冽水神珠拿去，以後不要再讓我看見你。」寒華隨手一拋，珠子穩穩落到了絲絹扇面上。

那人第一次不多話，只是拿起珠子仔細看著。

「我把可以和緩我法力性質的冽水神珠從你身體裡取出來，你舊患復發，過不了多久就會死了。」他面無表情地看著連玉：「不過，人世間的生老病死乃天理之道，你也不需要太過恐慌。」

連玉放開他的衣袖，自己站直：「先生多慮了，我對於生死二字，一向看得不重。」

寒華點點頭。

「不過……我有個要求。」

「什麼？」寒華微微一訝。

「我想讓你現在就把我殺了。」

「你已經活不過一個時辰。」

「連玉只求先生親手了結我的性命。如果你不答應，不覺得是苛待了我嗎？」

「沒想到你性格倒還真是古怪。」青衣男子興致極好，他左右看看相視而立的二個人：「若不得之而寧毀，這個倒是深得我心！」

寒華也看著一臉淡然的連玉：「你真的那麼希望？」

連玉慘然而笑，輕輕頷首。

寒華伸出右手，手裡已經多了一把晶瑩似冰的長劍。

「你真是好福氣，我也很久沒見過這把凝冰神劍了。」青衣男子退開兩步：「無瑕公子，日後如果見到了逼我立誓的那個人，你可要好好地為我解釋一下，我可是連半根頭髮也沒有動你的喔！」

連玉對著寒華拱手作揖：「先生，我今天和你告別。從此，天上人間，恐怕不會再見了，還希望先生多加珍重。」

劍劃裂半空，捲起漫天寒氣，如怒號，如悲歌……

「他真是個十分特別的人。」收起摺扇，那人搖頭。

寒華將目光由坐倒窗邊的白色身影處收回。

「你就這樣走了？不掩埋他嗎？」好歹也要學凡人們的習俗讓他入土為安吧！

「神魂已遠，皮囊自然就會朽壞。」

「在自己的屋裡留著屍體，總不太好吧！」那人咋舌。

「染上汙穢血光之處，我不會再要了。」反正不過經年，也會化為塵土。

「唉。」那人嘆了口氣：「我以為自己夠薄情的了，果然還是和你相去甚遠。」

寒華一個振袖，頓時人影已渺。

半空遠遠傳來留音：「你我前情舊債一筆勾銷，從今以後，如果讓我知道你還是處處阻撓，我不會再手下留情。」

青衣男子站在那裡，唇畔帶笑。

許久之後……

「你還是真是氣得不輕啊！」青衣男子挑眉一笑：「說什麼一筆勾銷？我跟你的舊帳，哪裡還能算得清！」

他轉過身，走到窗邊，半蹲下來。

「真是的！一劍穿心，他果然本性冰寒，不可教也！」他側頭看看連玉已經失去生命的臉龐：「你要是現在死了，不是很無趣？你到了今天的地步，我多少有些責任。你們原本緣分盡了，從此以往，不會再有任何牽扯。

「但這因是我，果是他，實在有點說不過去。不以我的意見決定結果可不行，我會覺得落了下風的！何況我和他之間的爭鬥註定了曠日持久，埋下越多的變數於我越是有利。」他從懷裡取出一樣東西：「你服食過絳草，體質已經異於常人。我可以試著讓你還陽，但難以保證這東西能夠和他留在你身上的氣息相抵消，到最後會有什麼後果……不是挺有趣的？」

他手中拿著一顆火紅的珠子，纏繞的光華猶如熊熊火焰，泛出萬道紅光。

「這顆珠子叫做炙炎，今天我把它送給你，算是清算舊怨。從今後，你就跳出三界之外，不在輪迴之中。寒華曾經和你命數相繫，不會再知道你還活著，你既然和我的命途相關，我也不能算出你的未來。你的前途，不會有任何可知之數。」他笑得很是開心：「你瞧，這樣才叫有趣！」

「反正，這事情是越來越複雜，越來越令人期待了！他日重逢前，你可要好自為之，多多保重啊！」他把珠子放進連玉的嘴裡，使力讓他吞了下去。

他站了起來，目光放到另一邊的角落：「至於妳嘛，既然已經聽到看到，不如繼續聽繼續看。反正妳長生不死，可能過個幾千年，哪天我想起了，或許會放妳出來。」

仙魔劫　連玉

朗笑聲起，青影閃動，留下一片死寂。

一雙眼幽幽睜開。

烏黑如舊，流轉間，卻閃動著深紅光華……

前髮，一綹紅豔，色如鮮血……

前塵

坐在雲霧繚繞的蓮花池畔，二人正在對弈，一人執白，一人執黑。

執白子的人突然莞爾一笑，放下手中的棋子，說道：「我輸了。」

執黑子的人驚訝地說：「不過下了幾步，你又認輸？」

「是你太高明，不過幾步，我已經沒有了贏的機會。既然這樣，何必再做無益的掙扎？」那是一個穿著白色長衫的男子，墨黑的頭髮迤邐及地，相比他的容貌，那滿池嬌豔的蓮花已無一絲顏色。

仙魔劫 連玉

「一連數盤都是這樣，你可是在存心敷衍我？」執黑子的穿著一件天青色的衣袍，溫文爾雅的臉上露出苦惱，用手中的摺扇輕擊著盛放棋子的玉匣。「說不定還有機會啊！現在下結論是不是太早了？」

「下棋這回事，太容易引起好勝之心。棋盤方寸就是戰場，無執念之人不可勝出。我既然修行，就已經摒棄了求勝之念，再下多久，都不能贏你。」白衣男子溫馴地笑著：「更何況我知道，到你覺得無趣，多半就不會再要求和我下棋了。」

「每次來你這裡，總要聽些奇怪的論調。」青衣的男子站了起來，走到池邊，看著那片像是沒有盡頭的蓮花。「聽說，你的蓮池裡，種的是人心？」

「要這麼說，好像也沒錯。」白衣男子站到了他的身邊：「確切來說，是人心中的平靜。只有最平和知足的心，才能讓屬於自己的蓮花綻放。」

「還好我不是凡人。」青衣男子用扇子掩住了嘴角：「不然的話，這片池子裡到最後都沒開的那一朵，一定是我的。」

「你這是對自己的執著產生了懷疑？」白衣男子伸手撫過眼前盛開的花瓣：「我可以為每一個人種上一朵蓮花，但要讓花開只能靠他們自己。對於執著的心，我沒有化解的辦法。」

「你大概永遠都不會明白求之不得的痛苦。」青衣男子斜眼看他，有些嘲笑的意味：「我倒想知道，如果有一天，我讓你深墜苦海，萬劫不復，你會不會像現在這樣保有平和知足的心？」

「我不知道。」白衣男子始終保持著微笑：「我只知道，未知才稱為將來。」

雲霧裡，蓮花處處，清靜無香。

——《仙魔劫之連玉》完

高寶書版集團
gobooks.com.tw

BL007

仙魔劫之連玉

作　　者　墨　竹
繪　　者　zabu
編　　輯　林紓平
校　　對　任芸慧
排　　版　彭立瑋

發 行 人　朱凱蕾
出　　版　英屬維京群島商高寶國際有限公司臺灣分公司
Global Group Holdings, Ltd.
地　　址　臺北市內湖區洲子街88號3樓
網　　址　www.gobooks.com.tw
電　　話　(02) 27992788
電　　郵　readers@gobooks.com.tw（讀者服務部）
pr@gobooks.com.tw（公關諮詢部）
傳　　真　出版部　(02) 27990909　行銷部 (02) 27993088
郵政劃撥　50404557
戶　　名　三日月書版股份有限公司
發　　行　三日月書版股份有限公司/Printed in Taiwan
初版日期　2018年9月

國家圖書館出版品預行編目(CIP)資料

仙魔劫：連玉 / 墨竹著.-- 初版. -- 臺北市：高寶國際, 2018.09-
冊；　公分. --

ISBN 978-986-361-558-3(平裝)

857.7　　107010048

三日月書版

三日月書版